조금 더
헤매어도
괜찮아

멘토가 간절한 너에게

조금 더 헤매어도 괜찮아

김열매 이준길 감민주
김태엽 박지연 이민경
한혜윤 윤세리 김동건

매일경제신문사

차례

그 아버지의 그 딸?

서울대학교 법학전문대학원
김열매

내가 아홉 살의 열매를 만나던 날!

폭이 좁은 계단은 끝이 없어 보였다.

“하나 둘 세면서 올라가면, 재밌고 하나도 안 힘들어. 진짜야, 해 봐.”

이웃집 아저씨의 말이었다. 열둘, 열셋을 셋을 때 소녀는 그것이 거짓말이라는 걸 알았다. 하지만 스무 계단쯤 올랐을 때, 소녀는 그 말이 진짜라는 걸 깨달았다.

소녀는 아홉 살 때까지 아현동 달동네에서 살았다. 어머니와 단둘뿐이었다. 알고 있었다. 이 높은 계단을 오르지 않고도 집에 갈 수 있는 사람이 많다는 것쯤은.

“여긴 완전 달동네다. 계단 봐. 보기만 해도 겁난다.”

세상이 비웃었을지 모르지만, 높이 오르는 대가로 별과 가까워진다는 건 알지 못했다.

"별이 쏟아지니까 꼭 비가 오는 것 같다. 별비."

누가 한 말인지 기억이 안 나지만, 멋진 말이라서 잊히지 않는다. 그렇게 소녀는 날마다 쏟아지는 별비를 보며 잠이 들었다. 꿈에서는 좁다란 계단이 달나라로 이어진 비밀 통로가 되었다. 탐험가 기질이던 소녀가 환경을 탓하지 않고 즐기는 이유였다.

오랜만에 어린 날의 추억을 찾아온다. 동네는 많이 변했다. 엄마의 목소리가 떠오른다.

"다쳐, 그러다 다친다니까. 열매야, 김열매!"

엄마는 결국 헛웃음을 짓는다. 아마도 구부정한 골목길을 요령껏 잘 뛰어다녀 그랬을 테다. 소녀가 달려간다. 아니나 다를까 사람들과 수다를 떨며 웃고 있다. 나다!

'맞다. 나는 사람들과 수다 떠는 걸 좋아했지. 뭘 안다고 어른 아이 할 것 없이 죄다 친구 삼길 좋아했던 걸까.'

그때, 마을 사람들은 높은 계단을 오르내리며 서로의 안부를 물었다. 누가 아프다면 곧장 달려와 함께 걱정했고 맛난 음식을 만들면 절대 혼자 먹지 않았다. 그 덕에 생긴 버릇일 테다.

"도시랑 시골 중에 어디가 살기 좋을까?"

음악 학원의 언니 오빠들, 친구나 동생 모두 수다 상대였다. 특히 별비를 보며 토론장을 방불케 할 때는 온몸이 충만해지기도 했다. 그게 신났고 행복했다. 얼마큼 내달려 내려가면, 노란 바나나 빵을 파는 아저씨가 있었다. 향긋한 냄새가 혀끝에서 아른거린다. 아니 추억이 아른거린다. 지금은 보이지 않아 아쉬울 때쯤, 행복한 기억도 끝난다.

'가난보다 불행한 건, 마음 나눌 사람이 없어졌을 때다.'

"열매, 강남 8학군으로 보내야 한다. 데리고 가마."

친가에 의해 강남 8학군으로 가던 날, 행복과 이별했다. 무려 강남 8학군으로 간다는데도 나는 웃지 않았다. 행복하지도 않았다. 아니 불행하게 느껴졌다. 시기가 없던 친구들과 따뜻한 이웃 대신 멸시와 비웃음의 세상이 나를 기다리고 있었다.

낯선 세상의 멸시와 비웃음

달동네선 아이들끼리 하늘과 구름을 그리곤 했더랬다. 서로의 그림을 보다가 구름 위에 서 있는 환상에 젖어들곤 했다. 하지만 낯선 세상에는, 멋진 환상은 없었다.

한 번은 길 잃은 한 아이의 집을 찾아준 적이 있다. 집을 찾아줘서 그런지 이내 나를 따랐다.

"언니, 그림 잘 그려?"

"그럼, 언니랑 같이 구름 그려볼까?"

아이의 엄마는 나를 웃으며 맞이해줬다.

"너는 그림을 잘 그리는구나."

당연한 일을 했을 뿐인데, 친절하게 대해줘 민망할 지경이었다.

반전이 일어난 건 다음날이었다.

"그 아이 행색이 그게 뭐야?"

"꼴을 보니 애가 영 아니야."

수군대는 소리. 흉을 본 사람은 아이의 엄마였고 흉을 당한 사람은 나였다. 행색으로 행동을 얕잡았다. 아이의 집을 찾아준 건 당연한 일이라 칭찬은 바라지 않았다. 칭찬하는 척 행색만 훑은 거다. 달동네서는 본 적 없던 두 얼굴, 아이 엄마는 위선의 가면을 쓰고 있었다. 세상이 얼마나 잔인한지를 너무 어린 나이에 깨달았다.

'그래, 학교는 다를 거야. 친구들이 생길 테니까.'

기대할 건 학교뿐이었지만 꿈은 한순간에 무너져 내렸다. 친절하던 선생님의 가면이 벗겨지는 데는 오래 안 걸렸다. 내 환경을 파악하고는, 작은 실수에도 무작정 쏘아댔다.

"편부 가정이라고 유세 부리는 거니?"

"어디 살다 왔기에 그 모양이야?"

"표가 왜 안 나나 했네."

선생님은 목에 핏대를 세웠고 나는 뒤돌아 울분을 삼켰다. 친구가 되길 바랐던 아이들마저 뭐든 어른과 같은 기준이었다. 어느 것 하나 내 편이 없었다.

'달동네선 모두가 친구였는데.'

'동네는 반짝거리는데 사람들 표정은 모두 어두워.'

'아무도 하늘을 안 보니 아무도 별비를 몰라.'

서서히 나는 외톨이가 되어갔다.

그뿐이면 참았으련만, 걸핏하면 경찰이 집에 찾아왔다. 격렬한 싸움판이 집에서 벌어졌기에. 비바람이 몰아치던 날에도 큰 싸움이 이어졌다. 귀를 막으면 천둥소리는 잦아들었지만 싸우는 소리는 더 커졌다. 달동네선 천둥소리에 함께 이불을 쓰고 킥킥대며 웃었는데 이곳에선 혼자 이불을 쓰고 펑펑 울었다. 천둥보다 싸우는 소리가 천 배 더 무서웠다.

세상을 이기는 방법!

중학생 때, 지옥 같던 친가를 겨우 빠져나왔지만, 나보다는 아버지를 위한 선택이었다. 그러는 동안 아버지는 심각한 알코올 중독자가 되어 있었다. 지독한 가난을 가득 짊어진 채.

"오늘 아버지는 또 술이고 나는 또 눈물이다."

아버지의 술과 나의 눈물 얘기로 얼룩진 일기장, 아버지는 늘 취해 세상에 분노했고 나는 아버지에 분노했다. 아무리 발버둥 쳐도 세상은 변하지 않았다.

"아버지, 우리 다시 잘 살아봐요."

"우리 이렇게 살면 안 되잖아요."

그래도 내 아버지였다. 어떻게라도 변화시켜보고 싶었지만, 술에 져버린 아버지를 내가 이길 방법은 없었다.

'누군가가 내 마음을 들어줄 수 있다면….'

친구가 필요했다. 대화를 하지 않아도 서로 통하는 친구가 절실했다. 그래서 찾은 게 책이었다.

책이라는 나무는 기묘한 생명체다. 여러 꽃을 한 몸에서 피우고 열매를 맺히는 재주가 놀랍다. 책은 나를 웃게 하고 달고 쓴맛으로 지루하지 않게 했으며 때론 거대한 감동으로 가슴을 후벼 팠다. 하나를 먹으면 다른 열매를 맺히게 하는 재주꾼이었다.

'찾았어. 책이라는 질리지 않는 친구!'

그간의 세상은 온통 물음표였다. 내내 누구도 시원한 답을 주지 못했지만 책 속에는 곳곳에 명제가 숨어 있었다.

"이제는 오른쪽으로 가보는 건 어때?"

"방법을 몰랐을 뿐이야. 자책하지 마."

책은 위로와 용기가 되었다.

그러던 어느 날, 빈민층 노동 현장을 잠입 취재한 미국 기자의 책을 보게 되었다. 마법처럼 끌어당기는 이야기가 마치 나를 들여다보고 쓴 것만 같았다. 그들이 가난을 못 벗어나는 이유, 정신과 신체의 끝없는 고통을 심도 있게 다루고 있었다.

'이건 내 얘기다!'

책 속의 인물은 나와 내 가족을 포함했다. 책장을 넘길 때마다 심장이 요동쳤다.

"가난이 만든 고통과 좌절, 미움과 분쟁, 불행의 쳇바퀴를 도는 악순환."

그들과 나는 한 노선에서 허덕여댔다. 당장의 상황을 탈피하고 싶었지만, 방법을 알지 못했다. 나만큼이나 그들도 비웃음의 대상이었다.

'그 아버지의 그 딸.'

'집 꼬락서니 하고는.'

'저리 사니 맨날 그 지경일 수밖에.'

극악한 사람들 때문에라도 상황을 벗어나야만 했다. 문제를 끌어낸 책이니 대안도 제시했으리라. 책에서 명제를 찾기로 했다.

책이 말을 걸었다. 왜 더 일찍 찾지 않았느냐고 야단쳤다. 혼이 나고도 좋았다. 진즉 친하게 지낼걸 하고 후회가 컸지만, 책은 아직 늦지 않았다며 나를 위로했다.

"그거 알아? 세상은 네 위치만 보고 판단해. 스스로 환경의 변화를 못 주면서, 주변 탓하며 이해해달라고? 아무 의미 없는 짓이야."

책은 소리쳤다. 주변을 변하게 하려면 내가 먼저 변해야 한다고! 그래야 주변의 시선이 변하고 나에 대한 평가가 변한다고. 그렇다면 나를 변화시킬 가장 능률적인 방법은 무엇일까. 나의 위치를 변화시킬 방법은 어떤 게 있을까.

'좋은 대학을 가야겠어.'

'좋은 위치에 서기 위해선 공부를 해야만 해.'

우선 좋은 대학을 가야 한다고 판단했다. 당장의 상황 극복을 하지 못한 채 외쳐대는 건 무의미했다.

홀로 서는 세상에서

작정한다고 어디 공부가 쉬웠을까. 예상대로 첫걸음이 쉽지 않았다. 우선 나를 가르쳐줄 스승이 없었다. 스스로 선생이 되어야만 했다.

'이제 나는 나를 가르친다. 그리고 스스로 배운다.'

스스로 선생이 되어 제자인 나를 움직이기 시작했다. 계산은 그럴듯했지만 만만치 않았다. 하지만 포기한다면 결국 원래의 자리로 되돌아갈 게 뻔했다.

이를 악물고 두 주먹을 불끈 쥐었다. 그리고 벽을 하나씩 깨나갔다. 공부는 고통스러운 과정이었다. 풀리지 않는 수학 문제는 몇 시간이고 매달렸다. 가르쳐줄 이가 없는 상황, 답답함은 구토로 이어졌다. 때론 이해 불가한 지문을 수없이 읽다 과호흡에 시달리기도 했다. 수월치 않은 공부는 방법만이 문제가 아니었다.

"야, 술 가져와."

"더러운 세상, 마시고 죽자!"

아버지의 술주정이 시작되면 집은 지옥불이 되어버렸다. 하지만 지옥불 속에서도 공부는 포기할 수 없는, 포기해서는 안 되는 생명줄이었다. 이를 악물고 책을 더 꽉 쥐었다.

'절대 책을 놓지 않으리라.'

'나는 반드시 높이 올라가리라.'

아버지는 폐인이 되어갔고 나의 신체적 고통은 끝없이 이어졌다. 눈물이 앞을 가리는 날이 더 많았지만, 책을 놓지 않았다. 포기하는 순간 세상에 지는 거니까. 나를 하찮게 여기는 사람들에게 굴복하는 거니까.

아버지의 술주정에 귀를 틀어막으며 마음을 채찍질했다.

'이 고통이 얼마큼인지 누구도 모를 테지만, 다가올 미래가 보상해줄 거야.'

믿을 건 나 자신뿐이었지만, 세상은 나를 넘어트리려 크게 입을 벌리고 비바람을 일으켰다. 천둥번개가 몰아치는 언덕에 홀로 서 있었다.

'도와주세요. 제발 나를 도와주세요.'

'아무도 없어요? 정말 아무도 없어요?'

'무서워요. 어디로 가야 하는지 제발 알려주세요. 제발, 제발….'

험한 숲길에서, 망망대해에서 홀로 헤매는 꿈을 꾸곤 했다. 그만큼 간절했고 절실했지만 나를 잡아주는 이는 없었다.

생과 사의 경계선을 수없이 건너고 또 건넜다. 끝내, 오래도록 앓아야 했던 시간도 있었으니까. 하지만 험한 폭풍우를 이겨내고 로스쿨에 입학했다. 편해지려나 싶던 때, 더 큰 산을 마주해야만 했다. 아직 세상은 내게 질 마음이 없었다.

학비를 스스로 감당해야 하는 굴레, 몸도 마음도 한계에 다다랐다.

"야, 너 아버지를 뭐로 보는 거야?"

"술 가져와."

술에 취한 아버지는 매일 세상에 지며 살았다.

"아버지 제발 그만, 이제 그만하자고요."

아버지는 딸의 마음에 수없이 난도질을 해댔다. 알코올 중독이 심해져 판단마저 흐려진 지 오래였다. 지친 몸으로 집에 돌아오면, 기다리는 건 술에 찌든 아버지뿐이었다. 숨이 막히고 심장이 터질 것 같은 곳, 지옥불은 꺼질 생각을 하지 않았다. 무릎 꿇은 딸의 소원 앞에서 아버지는 또 술을 선택했다.

결국, 집을 벗어나기로 작정했다.

생과 사의 경계선에서

손에 들린 건 달랑 가방 하나가 전부였다. 고통을 이고 사느니 차라리 피하는 게, 아니 도망치는 게 현명했다.

'나는 피하는 게 아니라 도망치는 거야. 괜찮아. 때론 무지막지한 방법이 필요할 때도 있어.'

집을 나오던 순간 마음이 편해졌다. 책 속에서 알아차린 현실 상황 바꾸기를 왜 진즉 실행치 못한 건지 후회되었다. 하지만 마음이 편해지는 대가로 훨씬 바빠져야만 했다. 많은 학비가 필요했고 생활비는 늘 부족했다.

어느 날인가는 지하철 화장실에서 몸이 굳어버린 적도 있었다.

백 명 넘는 학생들을 가르치고 집으로 돌아가던 길, 가위에 눌린 듯 몸이 마네킹처럼 굳어버렸다.

얼마나 흘렀을까. 세포들이 깨어나며 발버둥 쳐댔다.

'열매야, 많이 아픈 거니?'

'알아, 많이 지쳤다는 거. 그래서 다 그만둘 거야?'

와락 눈물이 쏟아져 나왔다. 입을 틀어막고 꺽꺽대는 울음을 삼켰다. 몸이 아프다는 신호를 자주 보냈지만, 무시하고 외면했다. 먹고살아야 했기에!

'여기가 끝인가 봐. 더는 갈 곳이 없나 봐.'

'고생했어, 열매야. 더 갈 곳이 없다면, 이별하면 돼. 이만 안녕.'

결국, 삶과 죽음의 경계선에서 나는 길을 잃고 헤맸다. 현실인지 꿈인지 모를 어둠 속, 끝없이 눈물이 터져 나왔다. 하지만 울면 안 되었다. 그럼 다시 세상에 질 것 같아서. 입술을 꽉 깨물었다. 혼미해진 마음을 스스로 일으켰다.

'괜찮아. 나는 죽지 않았어.'

눈부신 햇살에 눈을 떴을 때, 아침이 안부를 묻고 있었다. 좁은 방 가득한 책, 초라한 옷가지, 손등을 꼬집어 살아 있음을 깨달았다.

'차라리 죽었으면 좋았을걸' 하는 멍청한 생각 따윈 하지 않았다. 그건 너무 비겁한 합리였다. 곧장 유언장을 써 내려갔다. 죽기 위해서가 아니라 살기 위해서였다. 살아온 날들이 영화의 장면처럼 떠올랐다. 눈물이 펑펑 쏟아졌다.

어느새 3년 전 일이다.

곁에는 아무도 없었다. 가장 필요한 사람은 멘토나 친구였다. 누군가 다가와주지 않으니 먼저 다가가는 게 방법이었다. 하지만 편견의 철옹성은 나와 세상을 분리시켰다. 그러던 중 사회심리학 교수님으로부터 충격적인 말을 듣게 되었다.

"학교 교사인 두 명의 누나들은 학생의 얼굴만 보고도 상황을 파악합니다."

"아이의 얼굴만 보고도 따돌림당할 위험을 파악한다는 거죠."

당시 학부에서 집단따돌림 생존자의 십 년, 이후 이십 년 후를 추적하는 수기를 준비 중이었다.

"그런 아이들은 타고난다는 주장에 대해 어떻게 생각합니까?"

프로젝트 진행 중 교수님이 내게 물었다. 그때도 지금도 세상엔 빈곤에 허덕이는 아이들이 많다. 그들을 발 벗고 도와주지는 못할망정, 나는 당황했고 억울했고 화가 났다.

"전 프로젝트를 포기하겠습니다."

누군가의 가난이 누군가의 고통이, 그저 무시할 소재라는 게 소름 끼쳤다. 가난은 죄도 아니며 질병도 아니다. 따돌림당하도록 타고난 사람은 더더욱 없다. 편견이 논리가 되는 모습에 나는 경악했다. 또 한 번 비열하고 치졸한 세상을 경험했다. 그때 다짐했다.

'세상이 이런 곳이라서 더욱 질 수 없다. 져선 안 된다.'

'작은 힘이라도 세상을 바로잡기 위해서 나는 더 살아야 한다.'

'그러기 위해서는 내가 더 온전히 서야 하고 올라서야만 한다.'

내가 고통 중일 때, 세상은 손을 내밀지 않았다. 지금도 고통받는 아이들이 많은데도 세상은 돌보려 하지 않는다. 홀로 서야 하는 세상이 얼마나 버거운지 경험하지 않은 사람은 모른다. 나는 그들의 고통을 안다.

풍요로운 21세기에도 밥 한 끼를 못 먹는 아이들이 존재한다. 그들은 외면이 아닌 보듬어야 할 대상이다. 그래서 더 이를 악물고 공부했고 앞만 보고 달려왔다. 나와 같은 아이들에게 힘이 되어 주고 싶어서, 편견이라는 세상의 벽을 과감히 부숴버릴 작정으로.

성공과 승리에 대한 다른 생각

'99번 져도 100번째가 온다. 아직 싸울 기회가 남았다!'

힘든 일이 닥치면 마법의 주문을 외웠다.

'이 몸이 부서지지 않는 한 오억 번이라도 다시 도전할 것이다!'

처음 사람들은 예의상 칭찬했지만 어느 날부터는 존경하듯 말했다.

"내가 아는 사람 중에 가장 의지력이 강해."

"또 해낸 거야? 이번엔 못할 줄 알았는데. 역시 대단해."

내가 변해야 세상도 변한다는 진리를 깨닫기 시작했다. 몸과 마음의 고통에 죽을 고비를 수없이 넘겨왔다. 물론, 해도 해도 안 되는 일이 존재하기에 인정해야 하는 일이 존재했다. 생각을 바꿨다.

'포기한다'가 아니라 '멋지게 인정하는 거다.'

생각을 바꾸는 것 역시 고통을 더는 기술이었다. 과외를 하며 로스쿨을 다니다 보니 치열한 경쟁에서 밀리는 건 당연했다. 법학대학원까지 가까스로 올라갔지만 아버지의 술주정은 여전했고, 견디지 못해 뛰쳐나왔을 때, 이미 멋지게 인정하는 방법을 배웠던 것 같다.

어떻게라도 살아갈 방법은 존재했다. 찾지 않아 몰랐을 뿐이었다. 노력은 대가라는 큰 선물을 안겼다. 어느 순간부터 나는 지도 교수님에게 특별한 존재가 되었다.

"잘하고 있지? 다른 사람은 몰라도 열매는 내가 믿는다."

"왜 걱정 안 하는지 알지? 열매니까 그렇다."

처음 겪는 낯선 경험이 좋다. 늘 쓴 말만 듣다 따뜻한 말을 듣기도 했다. 죽음의 경계를 넘나들며 버텨온 삶, 때로는 지난날을 후회하기도 한다.

'그때 차라리 굽힐걸.'

'그때 차라리 우회할걸.'

'그때 차라리 공부 말고 다른 길을 택할걸.'

경쟁적 집단일수록 요구되는 아비투스Habitus(사회문화적 환경에 의해 결정되는 제2의 본성)의 수준도 높아진다. 여전히 소외감이 존재하고 때론 차별도 당한다. 세상이란 굴레는 여전히 만만치 않다.

그래서 가끔 후배들에게 현실적 제안을 한다. "나처럼 살지 마라"가 아니라 한 번 더 생각하고 결정하라는 말이다. 충고가 아닌 권고다.

나는 본래 공대에 진학해 기술자가 되고 싶었다. 하지만, 아버지가 진로에 대해 과하게 간섭해 꿈을 못 이뤘다. 현재 기술자들이 귀한 세상이 되었다.

'당장 사람들의 시선에 일희일비하지 말 것, 마음이 끌리는 대로 행동할 것, 그래야 같은 마음의 사람들을 만난다.'

'협업은 비전 있는 조직을 만들고, 행복한 성공을 이룰 가능성이 크다.'

후회의 몫이 남긴 삶의 방향을 후배들에게 전한다.

지금도 이공계 사람들과 더 잘 통한다. 과학 책을 보면 여전히 가슴이 뛴다. 위출혈을 견디며 공부하지 말고, 좋아하는 기술을 공부했더라면 고통을 한참 줄이지 않았을까 싶기도 하다.

내가 바뀌어야 세상이 바뀐다. 맞다. 하지만 나를 바꾸려면 현실과의 타협 지점이 필요하다. 그 지점이 어디냐가 더 중요하다. 인생을 바꿔줄 포인트다. 살아보니 그렇다.

'악으로 깡으로!'

어른들은 밀어붙이라고만 강요한다. 하지만 나를 변화시키는 데에는 수단도 매우 중요하다는 걸 깨달았다.

심리학 석사를 과감히 포기했는데, 좋은 결과로 나타났다. 꿈을 '포기'한 게 아니라 맞지 않는 현실을 '인정'한 거다. 그래서 후배들에게 나를 따르라고 무작정 권유치 않는다.

"네게 맞는 설정을 해봐."

"지금 처한 상황에서 가장 충실히 해낼 수 있는 방법."

늘 치열하게 뛰라고 권하지만 '무작정'은 아니다. 큰 고통을 겪었기에 잘 안다.

우리나라의 현실을 살피면 대략 그렇다. 일단, 무작정 대학에 진학한다. 그리고 이후 무작정 대학교수가 되기를 꿈꾼다. 그러다 대부분 좌절의 고비를 마신다.

'사기업이나 그 외의 진로로도 충분히 좋은 삶을 살 수 있다.'

세상은 넓고 할 일은 많다 하지 않는가. 그런데도 한 가지만 보고 달려가는 건, 이후 큰 후회를 부를 수 있다. 아니다 싶으면 가방을 싸고 도망가라고 이른다.

아버지의 술주정이 싫어 과감하게 가방을 쌌던 것처럼, 아니다 싶을 때 나는 과감히 자리를 박차버렸다. 큰 학원의 강사도 회사의 일원도, 뭔가 아니다 싶으면 고민하지 않았다. 불필요한 고민은 시간 낭비에 불과했다.

나의 장점, 단점, 집안의 환경은 언제나 변수가 생긴다. 이 변수를 고려해서 싸워야 한다. 안 그럼 지치거나 지기 십상이다.

안다. 가진 자는 절대 모를 억울한 변수라는 걸. 그들은 당연한 권리라고 생각한다. 그래서 멸시하고 차별하려고 든다. 불필요하게 그들과 소위 맞짱 뜰 필요가 없다. 현실을 똑바로 보고 앞날을 설정하면 그만이다. 나는 그들을 위해 사는 존재가 아니며 그들에게 잘 보이려고 사는 존재는 더더욱 아니다.

'나는 왜 이렇게 불행하게 태어난 걸까.'

'내가 부잣집에 태어났더라면.'

고민한다고 현실이 해결되지 않는다. 반복된 후회처럼 어리석은 짓이 없다.

화가 파울 클레이가 말했다.

"행복한 사람들은 단순하고, 불행한 사람들은 추상적이다."

내가 왜 불행하게 태어났는가는, 언뜻 현실적인 것 같지만 답답하리만치 추상적이다. 그래서 어쩔 거냐는 말이다.

현실을 인지하고 일어나야 도망칠 수 있다. 가방을 싸고 냅다 도망쳐라. 누구도 붙잡지 않는다. 안주하면 어리석은 후회만이 남겨질 뿐이다.

자존심의 포기는 방법을 찾는 도구다!

자주 하는 말이 있다.

"절대 포기 불가능한, 단 하나만 남기고 다른 것은 타협하라."

혹여 극한의 상황에 처한 이에게 도움이 될까 감히 외치는 소리다. 살아오며 현실보다 지나치게 높은 이상을 좇느라 모두 놓쳐버리는 경우를 보곤 했다. 어쩌면 나도 예외가 아니었는지도 모른다. 세상이 잔혹하지만 현실과 타협해 애쓰는 사람을 외면치 않는다.

일자리가 없다고 난리지만, 구인난을 호소하는 회사들도 많다. 사람들은 돈이 없어 절절매면서도 현실보다 높은 직업을 찾아 방황

한다.

지나치게 높은 이상에 집착한다. 자칫 젊음을 놓치고 때를 놓친다. 그건 돈을 놓치는 일이라서 불안한 미래를 맞이할 확률이 높다.

때론 적절한 포기가 삶의 길을 찾는 방법이 될 수 있다. 앞서 말했지만 무작정 포기가 아니라 인정하는 거다. 나쁜 방법이 아니다. 신실하고 부지런한 사람이 적다. 한 길을 뚝심 있게 가는 사람을 사회는 외면치 않는다.

인생은 긴 터널이라고 생각한다. 어디가 끝인지 모를 터널을 뚜벅뚜벅 걸어가는 것만큼 두려운 것은 없다.

힘들 때는 도움을 청해도 좋으리라. 부끄러운 일이 아니다. 내가 살아보니 그렇다.

로스쿨 입시 때 많은 사교육이 필요했다. 면접, 자기소개서의 준비에도 비용이 어마어마했다. 입학만 하면 끝인 줄 알았는데, 기백만 원씩 하는 교재를 매 학기 사야 했다. 형편이 힘든 내겐 높은 벽이었다. 그때, 자존심을 포기했다.

“강사님. 저는 형편이 어렵습니다. 도와주십시오.”

현실을 인정했고 자존심을 포기하자 선물이 찾아왔다. 간곡한 부탁에 저렴한 비용으로 자기소개서 첨삭을 받을 수 있게 된 거다. 합격하며 곧장 감사 인사를 건넸다.

밑도 끝도 없이 도움을 청하라는 건 아니다. 누군가가 나를 도와줄 의무는 없다. 때론 자존심을 포기하는 것도 방법임을 깨달았다. 도와달라고 외치는 건 창피한 일이 아니다.

손을 내밀자 반전이 벌어지기도 했다. 악연인 줄 알았던 어른이 다가와 손을 잡아준 거다. 첫인상만으로 누군가를 단정한 걸 몹시 후회했다.

"힘들면 일단 도와달라고 말해."

"부끄러운 건 그런 게 아냐."

포기엔 두 가지가 있다. 지나치게 높은 이상을 제법 양보하는 것, 그리고 불필요한 자존심을 내려놓는 것임을 깨달았다. 잠시면 가능했다.

'때론 포기가 방법을 찾는 수완이다.'

2014년도 고려대학교에 입학할 때, 70%가 최상위 소득 10% 이상 가정이었다. 명문 대학교의 통계가 비슷했다.

"어느 동네에 살아?"

"사는 아파트 단지가 어딘데?"

"자가? 전세? 월세?"

세상의 기준은 변하지 않는다. 어쩌면 이전보다 더 심해진 건지도 모른다. 왜 해외여행을 안 가냐는 말이 지겨워 빙하 등반을 하고 사진을 찍기도 했다. 어쩌면 온전히 자존심을 내려놓지 못한 걸지도 모른다.

여전히 사람조차 가진 것과 아닌 것으로 평가받고 있다. 세상이 안고 사는 큰 질병이라고 생각한다. 하지만 그렇다고 세상을 마냥 피해 다닐 수는 없지 않은가 말이다. 그래서 힘들 때는 도와달라고 외쳐보라 감히 권고까지 하는 거다. 그래야 지독한 가난에서도 조금 더 빨리 벗어날 수 있다.

마침내, 나는 행복한 사람

나눠주는 건 상대를 위한 게 아니라 나를 위한 행위임을 느끼곤 한다. 보육원 아이들이 뭔가를 받고 행복해하는 건, 단순히 물품 때문만은 아니라는 걸 나는 잘 안다. 살아오며 사람의 온정보다 더 따뜻한 걸 본 적이 없다.

달동네 시절, 이웃들은 사소한 안부를 묻곤 했다.

"방은 따뜻해? 물은 잘 나와?"

"저녁 같이 먹자."

별 차릴 반찬도 없으면서 그들은 서로를 초대하고 초대받곤 했다. 빈손이냐 아니냐는 중요치 않다. 그저 진심이라서 마냥 애틋했다. 나눔이 얼마나 행복한지를 일찍 깨달았던 듯싶다.

보육원에 생필품을 기부하러 들르거나 인터넷 상담 센터에 들어가 힘든 아이들의 마음을 듣곤 한다. 명제를 내 주지 않아도 아이들은 좋아한다. 그들은 따뜻한 안부 한마디가 그립다. 그 마음을 누구보다 잘 안다.

"괜찮아. 지금 잘하고 있어."

"이전보다 열 배는 더 잘했는데?"

칭찬 한마디가 큰 힘이 된다는 것도 잘 안다. 세상 다 아끼더라도 칭찬은 아끼지 말자고 다짐한다. 그리고 실천한다. 방긋 웃는 표시에 행복한 건 아이의 마음이 아니라 내 마음이다. 받는 것보다 주는 게 행복한 이유다.

'미치도록 행복한 삶은 실컷 나눠줄 때다.'

'아직도 나는 가진 게 많지 않지만, 때론 미치도록 행복하다.'

의지할 곳도 없어 방황한 삶이, 홀로 견뎌내던 의지가, 작게나마 도움이 되는가 보다. 그러니 나는 미치도록 행복한 존재다.

"요즘은 참 편안해 보여."

"나도 그 행복에 끼워줄 의향 있으면 말해."

평온은 숨기기 어려운가 보다. 이런 말을 갈수록 많이 듣는 걸 보면 말이다. 삶이 힘들고 고단하던 때, 내 표정은 어땠을까.

'이 몸이 부서지지 않는 한 오억 번이라도 다시 도전할 것이다.'

힘겹게 버텨온 나날 뒤엔, 타인을 위로할 멋진 상황이 기다리고 있었다. 나는 마침내, 행복한 사람이 되었다.

내 삶은 '잘 살았다'보다 '잘 살아남았다'가 맞는지도 모른다.

그쯤이면 되었다고 다시 위로한다. 아직 누군가에게 동경은 못 될지라도, 최소 함께해주는 사람은 되었으니까. 이 행복만큼은 절대 포기하지 않을 테니까.

오늘, 고통 중인 누군가에게 이 초라한 글이 위로가 되길 소망한다. 그대 역시 행복할 자격이 충분하기에!

엄마한테는 네 존재 자체가 기적이란다

기아자동차 HR 전략팀
이준길

어머니를 만나러 가는 길, 파란 하늘에는 구름 한 점 없다. 하늘색 도화지 위에 어머니를 그려본다. 맑은 하늘이 어머니의 맑은 눈을 닮아 가슴이 저민다. 하늘이 쳐다볼까, 아니 어머니가 쳐다볼까 고개를 숙이니 눈물이 펑펑 쏟아진다.

"어머니, 어머니…."

힘들게 10년 이상을 투병해온 어머니는, 지금 따뜻한 햇살을 맞으며 야외 봉안당에 잠들어 계신다.

"니는 내가 낳기만 했지, 니 혼자서 알아서 컸대이."

어머니는 병환을 얻기 전에도 늘 미안함과 고마움을 건네시곤 했다. 늘 최선을 다하셨지만, 생활고에 시달리셔야만 했다.

중학생 시절 IMF를 겪었다. 아버지는 정리해고로 직장을 나오셔야 했다. 당시 TV에선 퇴직자들 얘기가 매일 나왔다. 그게 아버지의 일이 될 줄은, 우리 집안의 일이 될 줄은 상상하지 못했다.

"어쩌겠어. 그래도 퇴직금을 받았으니 이거로 뭐라도 해봐야지."

아버지는 가족을 안심시키려 했지만, 걱정은 숨기지 못했다. 퇴직금만으로는 부족해 결국, 대출까지 받아야 했다. 아니나 다를까, 준비 없이 시작한 일은 이내 표가 났다. 직장생활에 익숙한 아버지가 자영업을 능숙하게 해낸다는 건 애초 쉽지 않은 일이었다. 하지만 생계라는 막다른 골목에선 선택의 여지가 없었다.

퇴직금도 고스란히 날아가고 남은 건 대출금과 막대한 이자뿐이었다. 부모님의 고통을 지켜보면서도 어린 내가 할 수 있는 건 아무것도 없었다.

'내가 빨리 어른이 될 수만 있다면…?'

어머니는 밤잠을 설치며 장사를 준비했지만, 세상은 곁을 내주지 않았다. 마치 우리 가족의 고통을 즐기듯 거센 폭풍우를 몰아쳐댔다. 하늘을 수없이 원망했지만 그런다고 세상은 달라지지 않았다.

나는 매 학년 반장을 했다. 당시 연말이 되면 불우이웃을 도우려 성금을 모았다. 아이들이 한 푼 두 푼 정성스럽게 돈을 모았다.

"아무리 찾아봐도 네가 받는 게 좋을 것 같다."

"준길아. 절대 기죽지 마라."

친구들 몰래 나를 부른 건 선생님이었다. 성금을 내게 건네주시며 용기를 북돋아주셨다. 기죽지 말라는 말씀에 울컥한 마음을 속으로 삼켰다. 깊은 마음을 헤아릴 수 있었다.

선생님의 조언처럼, 나는 절대 기죽지 않았다. 형편은 어려웠지만 부모님을 가끔씩 웃게 해드렸는데, 늘 성적 1등을 놓치지 않아서였다.

'기껏 가정 형편 때문에 기가 죽는다고?'

'아니, 나쁜 짓을 한 게 아닌 이상 난 절대 안 쓰러져.'

'자만은 나쁘지만 자신감은 멋진 거니까!'

나의 자신감은 고등학교까지 이어졌다. 늘 좋은 성적을 거두었으니 말이다. 가장 잘할 수 있는 일로 부모님께 희망이 될 수 있으니, 다행이었다.

한 달에 과외를 11개 한다고?

대구 변두리 시골엔 번듯한 학원이 없었다.

"장하다. 우리 아들."

"학원 한 번 안 다니고 대학에 합격하다니."

나는 열심히 공부했고 절대 기죽지 않았다. 그리고 당당히 대학에 합격했다. 합격 통지서를 받던 날, 부모님이 환하게 웃으셨다.

"연세대 합격."

시골 고등학교 정문에 붙은 현수막을 그냥 지나치는 사람은 없었다. 동네 사람 누군가는 일부러 찾아와 보고 가기도 했다.

'자식은 부모에게 어떤 존재일까.'

아버지는 당시 현수막을 고이 간직해두셨다. 가끔 몰래 꺼내 보시는 모양이다.

입학을 앞둔 어느 날이었다.

"아들내미 혼자 저렇게 훌륭하게 커줬지 않나."

"그럼 부모가 돼서 등록금 걱정은 없게 해줘야 할 게 아이가."

부모님의 대화가 들려왔다. 20년 전, 당시엔 학자금 대출이 활성화되지 않았었다. 입학금은 우리 가족에게 큰 난제였다.

"준길이, 니는 걱정 말고 학업에만 전념하래이."

부모님은 별일 아닌 듯 말씀하셨지만, 식탁 위엔 현금서비스 영수증이 가득했다. 곧 들이닥칠 고난이었다. 차라리 그만둘까, 하는 생각은 하지 않았다. 그건 부모님께 더 큰 아픔을 주는 일이었다. 내가 할 수 있는 건 대학에서도 최선을 다해 공부를 하는 것뿐이었다.

단단히 각오한 덕에 대학 첫 학기를 좋은 학점으로 마무리했다.

"준길아, 너도 배낭여행 갈 거지?"

친구들은 여름방학이 되자 유럽으로 배낭여행을 떠났다. 전국무전여행을 떠나는 친구도 있었고 단기 어학연수를 떠나기도 했다. 하지만 나의 목표는 분명했다.

'2학기 등록금은 내가 준비한다!'

'못 할 일이 세상에 어디 있다고, 까짓거!'

방학이 되며 곧장 고향으로 내려가 모교 선생님을 찾았다. 주저없이 처한 상황을 말씀드렸다. 선생님은 당신 아들의 일이라도 되는 양 과외를 곧장 주선하셨다.

"우리 애들 둘도 포함이다."

그렇게 선생님의 두 자녀와 총 열여섯 명의 후배가 모였다. 그중 세 명은 그룹 과외였으니 총 11개의 과외가 시작된 셈이었다.

학창 시절에도 선생님은 늘 내 편이었다. 늘 도움을 주시려 애를 써주셨다. 선생님의 마음을 생각해 열정적으로 후배들을 가르쳤다. 아침 9시부터 저녁까지 강행군이 시작되었다.

한두 달, 짧은 기간이라도 후배들에게 의미 있기를 바랐다.

"성적을 높이는 것도 중요하지만, 공부는 목적이 더 중요해."

"그건 모든 일이 마찬가지일 거야. 왜 내가 이 일을 하고 있는지 충분히 고민하지 않으면 아무것도 이룰 수가 없어. 공부도 마찬가지야."

후배들에게 공부의 목적의식과 승부욕을 자극시켰다. 이후 들은 얘기인데, 후배들이 겨울방학에도 과외를 기다렸다고 한다.

그때, 누군가는 배낭을 메고 해외여행을 한껏 즐겼을 테고 누군가는 어학연수 중이었을 테지만, 하나도 부럽지 않았다. 부러워하면 지는 거라는 걸, 나는 진즉 배웠다.

그렇게 '살인적인' 과외 스케줄이 이어졌다. 대학 첫 여름방학의 기억은 정신없던 과외 시간뿐이다. 그 많은 과외를 하며 지치지 않았다면 거짓말이다. 하지만 집으로 들어가기 전 잠시 멈춰 서서 얼굴 운동을 한참 하곤 했다. 혹시라도 피곤한 기색이면 부모님께서 마음 아파하실듯해서였다. 하지만 잠들기 전 어머니는 도라지 달인 물을 책상 위에 놓고 나가셨다. 내내 과외를 하느라 쉬어버린 목소리까지 숨기지는 못했으니까.

어머니의 정성으로 고된 시간은 문제없이 잘 끝났다. 스스로 다짐한 약속을 나는 지켜냈다. 다시 서울로 올라와보니 배낭여행을 다녀온 친구들의 자랑이 끝이 없었다. 어학연수를 다녀온 친구들 역시 뒤지지 않았다. 하지만 여전히 부럽지 않았다.

'그거 아냐? 11개나 되는 과외를 뛴 내가, 기껏 세상 따위가 두렵겠어?'

'그러니 내가 니들을 부러워할 이유가 없지. 안 그래?'

진심에서 우러나온 한마디

1학년 2학기는 성적 장학금까지 받았다. 그러고 나니 등록금의 절반이 남았다. 11개 과외 수입 일부를 생활비로 쓸 수 있어 다행이었다. 하지만 앞으로 모든 방학을 강행군만 하는 건 무리였다. 고민하다 학부 지도 교수님께 면담을 신청했다.

"학생이 지원해볼 수 있는 교외 장학금이 있네."

"장학금이요?"

장학금이라는 말에 눈이 번쩍 뜨였다.

"추천서를 써줄 테지만, 선발 면접은 본인이 준비해야 해."

장학금이라니, 말씀을 듣자마자 장학회 선발되기라도 한 듯 들떠서 구름 위를 둥둥 떠다녔다. 그러다 결정적 실수를 했다.

장학회 선발 면접이 치러지던 날이었다. 기업의 장학 활동에 대한 견해를 물었고 나는 당당히 답했다.

"기업의 사회적 환원은 존경받기 이전에 당연히 해야 할 책무라고 생각합니다."

순간 흐르는 정적을 알아채고는 심장이 얼어붙었다. 근거 없는 자신감이 낳은 큰 실수였다. 자칫 기업에 반감이 있는 것으로 보였을 것 같았다. 아차, 싶던 때 면접관 중 한 분이 나섰다. "나는 저런 관점도 좋은데요. 그렇지 않아요?"

얼어붙은 심장이 다시 뛰기 시작했다. 분위기를 녹여주셨다. 나는 힐끔 눈치를 살폈다. 뒤에 앉아 계시던 회장님과 이사장님도 옅은 미소로 나를 응원해주셨다.

'그래도 가능성은 없어. 대체 무슨 실수야. 이준길, 멍청한 놈!'

절호의 기회를 놓쳤다고 생각하니 힘이 쭉 빠졌다.

'자신감보단 겸손했어야지. 눈치 없이 회장님 앞에서 왜 잘난 척을 한 걸까.'

수없이 후회하고 나 자신을 나무랐다. 하지만 이미 엎질러진 물이었다. 제발 장학회에 합격해 가난한 부모님 걱정을 덜게 해달라고 매일 간절히 기도했다.

그렇게 며칠이 지나 아예 포기하고 있던 때, 꿈같은 합격 소식이 들려왔다.

"그런 장학회가 있드나? 참말로 고맙네."

어머니는 기쁨의 눈물을 흘리며 아무 말 없이 내 손을 꼭 잡아주셨다. 당시에도 테이블엔 현금서비스 영수증이 가득했다. 높은 이자로 부모님이 얼마나 힘이 드셨을지 감히 짐작도 하기 어려웠다. 장학회는 내게 빛이 되어주었다. 장학회의 지원으로 등록금 걱정 없이 학업에 집중할 수 있었다. 학생이 공부만 전념할 수 있다는 건 얼마나 큰 축복인가. 장학회가 만들어준 큰 행복이었다.

나는 쉬지 않고 공부에 매진했다. 대학 3학년 때는 '전국 대학생 경제논문 공모전'에서 대상을 받기도 했다. 소식을 듣고 회장님께서 맛있는 밥을 사주신다며 부르셨다.

"내가 배를 곯아가면서 공부해봐서 안다."

"서울상대 나와서 사업을 일구면서도 배곯는 후배들은 만들지 말아야지 생각했다."

진심에서 우러나온 한마디가 가슴을 울렸다.

'깊게 팬 주름 속엔 삶의 진가가 숨어 있으리라. 차곡차곡 쟁여진 인생의 덕을, 누군가를 품고 나눠주는 일로 소모했으리라.'

온화한 미소가 나를 위로해주었다.

'배곯는 후배를 만들지 말아야지.'

어느덧, 회장님의 말씀은 내가 성공해야 할 이유가 되었다.

진짜 '근자감(근거 없는 자신감)'을 배우다

경상도 집안이 대부분 그렇듯 우리 집도 예외 없이 무뚝뚝하다. 하지만 속마음은 누구보다 애틋하고 화목한 가족이 우리 집이다. 다만 경제적 어려움을 해결하는 게 늘 큰 숙제였다. 대학을 졸업하고 ROTC 학군장교로 복무한 것도 그 이유였다. 당시 초급장교의 월급은 보잘것없었다. 하지만 휴가 중 동네에서 가족과 고기를 먹으러 가기엔 충분했다.

무탈하게 전역하고 보니 채용 시장이 버티고 서 있었다.

'가장 빠르게 성장할 수 있는 회사.'

'빨리 인정받을 수 있는 회사.'

가장 주력한 목표였다. 일반 기업보다 설령 근무환경이 가혹할지라도 그만큼 인정받고 승진의 기회가 주어진다면 문제없었다. 컨설팅 회사가 정답에 가까웠지만, 공개 채용이 없어 입사 기회가 쉽지 않았다.

기회는 꿈꾸는 자의 것이라고 했던가. 운 좋게 ROTC 선배로부터 연락이 왔다. 컨설팅 회사에 입사 추천을 해온 것이다. 인터뷰 기회를 얻게 되었고 이제는 오롯이 직접 부딪쳐야 할 일만 남게 되었다. 인터뷰 날짜를 통보받고 서점에 들러 책을 고르며 준비를 시작했다.

'이때 필요한 게 바로 '근자감'이다!'

근자감을 장착하고 면접장으로 향했다. 1차 면접은 예상했던 대로였다. 주로 논리적인 분석과 구조화된 사고 능력을 알아보는 사례 분석이었다. 주어진 문제를 대하고 방법을 생각했다. 정교하게 파고드는 정공법보다 조금 변칙적인 방법을 택했다. 색다른 시각의 제안이 먹혀들었다. 2차 면접 역시 내 전략은 유효했다. 하지만 마지막 3차 면접이 문제였다.

"이준길 씨의 1, 2차 면접 결과는 훌륭합니다."

"새로운 관점도 좋고, 나름 논리의 틀도 갖추고 있는 것으로 보입니다. 다만…."

칭찬뿐인 줄 알았는데 '다만'이란 말에 뭔가 어긋나기 시작했다.

"다만, 대안을 제시하는 방식이 너무 단정적이라는 느낌인데요."

아뿔싸, 내 '근자감'이 또 한 번 사고를 친 걸까?

"면접관님 말씀에 동의합니다. 조금 더 겸손한 태도와 어조가 부족했던…."

면접관이 궁색한 변명을 끊고 말을 이었다.

"아니요, 겸손을 지적한 게 아닙니다."

겸손의 지적이 아니라니 그럼 또 다른 실수를 했단 말인가?

"컨설턴트는 늘 분석적이고 논리적이어야 하는 만큼 지적 우월감도 갖추고 있어야 본인 멘탈을 지켜낼 수 있습니다."

그 순간까지도 면접관의 말이 헷갈렸다.

"겸손보다는 근거를 갖춘 자신감으로 승화시키는 훈련이 필요하겠네요. 성장이 기대됩니다."

정곡을 찔렀다. 근거 없는 자신감은 방법이 아니었다. 근거가 있고 없음은 흑과 백처럼 어마어마한 차이가 났다. 그걸 모르고 살아왔다니, 내가 마냥 한심했다.

"자신감에 근거를 갖추라고?"

"근거 '있는' 자신감?"

지금껏 왜 동전을 뒤집어볼 생각은 하지 않았던 걸까? 있고 없음의 차이를 빤히 알면서도 왜 자신감에는 적용해보려 하지 않았던 걸까.

그렇게 컨설턴트로서의 삶이 시작되었다. 부정하지 않겠다. 생각보다 훨씬 가혹한 여정이었다. 하지만 그만큼 보상과 승진이 뒤따랐다. 일에 조금씩 재미가 붙자 이대로 쭉 가도 좋겠다는 생각이 들었다. 그날, 전화를 받기 직전까지는.

"어머니가 입원하셨다니요? 왜요?"

온몸이 파르르 떨려왔다.

첫 번째 기적, 행복한 소진

"뇌 림프종입니다."

"뇌 림프종이요?"

병명을 들은 기억이 났다. 회복이 쉽지 않은 병이라는 건 들어 알고 있었다. 앞이 캄캄해졌다. 꿈이라고 누군가가 말해준다면 그를 평생 은인으로 삼아도 좋았다. 하지만 이어진 말은 나를 더욱 절망 속으로 밀어 넣었다.

"정말 희귀한 질환인데, 예후가 극히 불량합니다."

지방 대학병원 응급실, 나는 순간 바닥에 주저앉고 말았다. "먹고 살만하니 엄마가 아프더라. 자식들 잘 되고 나니 부모는 병이 들었지" 하는 말은 남의 얘기인 줄로만 알았다. 그런데 내가 비운의 주인공이 되어 있었다.

"어머니, 어머니…."

모두 내 탓인 것만 같았다. 아니 내 탓이 맞다. 아들을 키우며, 내게 들킬까 숨긴 고생이 얼마나 끝이 없었으랴. 이내 철난 아들이라고 칭찬받았지만, 내가 무얼 얼마나 알았으랴. 끝없는 후회와 반성이 가슴을 콕콕 찔렀다.

조금만 기다려주면 아들이 호강시켜줄 일만 남았는데, 평생 고생만 해온 어머니에게 왜 이런 시련이 닥쳤는지 세상이 원망스러웠다. 가슴이 꽉 막혀 눈물조차 나오지 않았다. 깊은 절망감이 나를 밑바닥으로 잡아당겼다.

어머니를 돌아보았다. 그새 어머니 얼굴엔 주름이 가득했다. 그 많은 주름이 생길 동안 나는 뭘 하고 있던 걸까.

'왜 몰랐던 걸까. 내가 너무 무심했던 걸까.'

뭔가가 다시 가슴을 아프게 찔러댔다. 하지만 마냥 슬퍼해선 안 되었다. 어떻게 해서라도 어머니를 살려야 했다. 내가 당황할수록 방법은 멀어지고 방법이 멀어질수록 어머니의 고통은 커져갈 테니.

그때 '근거 있는 자신감'이 튀어나왔다. 컨설턴트로 일하면서 늘 문제점과 이슈를 파악하곤 했다.

'보다 더 나은 방법.'

'보다 더 효율적인 방법.'

늘 효과적인 방법을 찾던 일이 몸에 배어 있었다. 문제가 닥치면 고민보다 문제를 정확하게 인지하고 더 나은 방법을 찾으면 되었다. 우선 모든 인적 네트워크를 동원했다. 우선 가장 유명한 교수님이 계시다는 서울의 한 대학병원으로 전원부터 했다.

교수님 역시 판단은 같았다.

"뇌종양 중에서도 악성입니다. 혹시 새로운 치료 방법과 임상시험을 해보시겠습니까?"

제안을 받아들였다. 어떻게 해서라도 어머니를 살려야만 했다. 그렇게 어머니는 고용량 항암 치료를 1년 동안 11번 이겨냈고, 골수이식 수술까지 무사히 마쳤다.

어머니는 모진 고통을 인내했다. 이를 악문 어머니를 볼 때마다 가슴이 저렸다. 대신 아플 수 있는 방법은 없는지, 손가락을 잘라내 어머니의 고통이 사라질 수만 있다면 일 초도 생각하지 않고 잘라낼 수 있었다.

그렇게 모진 고통을 견뎌낸 어느 날이었다.

"더 이상 암세포가 보이지 않습니다. 정말 행운입니다."

담당 교수님의 말에 내내 참았던 눈물이 터져나왔다.

"감사합니다. 감사합니다…."

수없이 되뇌며 오랫동안 행복의 눈물을 흘렸다. 내 삶의 첫 번째 기적이었다.

어머니가 암세포와 싸우는 동안 나는 생활환경을 바꾸었다. 하루에 몇 시간이라도 어머니와 함께 보내려고 출퇴근이 안정적인 대기업으로 이직했다.

"적금 해약이요? 지금 해약하시면 너무 아깝습니다."

"아니요. 모두 해약해주세요."

컨설팅하면서 모아둔 사회 초년생의 적금은 어머니 치료비로 온전히 소진됐다. 뇌종양 완치와 그 과정에서 필요한 모든 비용을 감당할 수 있어서, 나는 더없이 행복하고 감사했다.

두 번째 기적, 그리고 순명

대기업 인사팀으로 옮긴 후 채용 관련 업무를 적잖게 맡곤 한다. 각양각색의 입사지원서와 자기소개서를 보고 있노라면, 치열한 내 삶의 일부를 옮겨놓은 듯 기시감이 들기도 한다.

나보다 더 큰 어려움 속에서도 의연하고 낙천적인 이들이 많았다. 우리 회사와 인연이 닿지는 못했지만, 30대 중반의 지원자를 나는 잊지 못한다.

"중학교 때 부모님을 여의고 온갖 잡일을 해서 동생 둘을 대학에 보냈습니다."

그 말만 듣고도 나는 큰 감동을 받았다. 이어진 이야기에 감동은 배가 되었다.

"그 이후에 검정고시를 보고 대학을 졸업했습니다."

불굴의 사나이였다. 멋진 후배들이 많았다.

"이렇게 일하고 이 정도 월급을 받는데, 이보다 더 쉬운 일이 어디 있나요?"

활짝 웃으며 회사 일이 제일 쉽다고 이야기하는 후배가 있었다.

"아버지가 갑자기 난치병을 얻으셨어요. 어쩔 수 없었죠. 아버지를 대신해 대학교 새내기 때부터 온갖 아르바이트를 했죠. 학자금을 대고 가장 노릇을 했거든요."

나는 나보다 더 힘들게 사는 사람이 없다고 생각했다. 열한 개나 되는 과외를 하고 있을 때 친구들은 배낭여행을 다녀왔다. 그리고 한껏 자랑을 늘어놓았다. 그런데 후배들의 삶은 나를 부끄럽게 만들었다.

'나만 힘든 게 아니었어.'

그들을 보면서 새로운 용기와 위로를 얻곤 했다. 그들의 얼굴은 밝았다. 살아오는 동안 지고 온 삶의 무게가 얼마나 무거웠을까. 그들을 보며 더 열심히 살아야겠다고 다짐했다. 그래야 어머니를 더 기쁘게 해드릴 수 있을 테니까.

새 직장에 적응하면서 어머니와 함께할 여유까지 생겨 좋았다.

"아들이랑 있으니 좋지."

어머니의 웃음은 고단을 물리치는 치료제였다. 종일 피곤함도 어머니의 순한 웃음이면 곧장 달아나버렸다.

"먹으래이. 울 아들 좋아하는 거만 만들었으이."

자식은 늘 아이인가 보다. 부모는 맛난 음식이 자식 입으로 들어가는 걸 볼 때가 가장 행복하다고 했다. 때론 배가 부르면서도 한 그릇 더 달라고 말했다. 어머니의 웃는 얼굴이 한 번 더 보고 싶어서였다.

"어머니, 산책 가요."

"산책?"

"네. 달이 아주 밝아요."

"그럴까?"

어머니는 아들의 손을 잡고 산책하는 걸 행복해하셨다. 나도 마찬가지였다. 어려서는 제법 고운 손이었는데, 어느새 한참 거칠어져 있었다. 엄마를 의지하던 어린 아들의 손을 어머니가 의지하며 잡고 있었다.

'평생 고생만 해온 우리 엄마, 앞으론 내가 평생 호강시켜줄게.'

속으로 수없이 되뇌었다.

'절대 아프지 말고 건강해야 해.'

나는 거칠어진 어머니의 손을 꼭 쥐었다. 눈물이 터질까 하늘로 시선을 옮기자 어머니도 따라 하셨다. 안다. 어머니도 눈물을 숨기려 그러셨다는 걸.

"어머니, 달 진짜 밝다. 그죠?"

"아무렴, 우리 아들 눈보다 더 밝을까."

어머니와 나는 크게 웃었다. 지금처럼 밝은 달을 오래도록 다시 볼 수 있게 해달라고 기도하면서, 어머니와 반드시 함께여야 한다고 기도하면서.

하지만 영원한 기적은 없었다. 뇌종양 완치 판정 후 4년이 조금

지났을 무렵, 내 인생의 첫 번째 기적은 끝이 났다.

"말도 안 돼, 어떻게, 어떻게…."

같은 자리에 잔혹한 병마가 다시 찾아왔다. 믿을 수도, 믿고 싶지도 않았다. 현실을 받아들이지 못하는 나와는 달리, 어머니는 망설임 없이 순명을 택하셨다. 아들 덕분에 이만큼 더 살아왔다며, 이보다 감사한 일이 어디 있냐며 주름살 가득 환히 웃으셨다.

'제발 다시 한 번만 기적을 더 보여주세요. 제발, 제발….'

'어머니만 살려주신다면 뭐든지 하겠습니다.'

나는 온 마음을 다해 간절히 기도했다. 어머니만 살릴 수 있다면 내가 가진 모든 걸 잃어도 상관없었다. 하지만 어머니의 얼굴은 하루가 다르게 수척해졌고, 생명의 불씨는 금방이라도 꺼질 듯 위태로웠다.

간절했던 기도는 어느새 절망과 분노로 변해갔다.

'당신은 지금 실수하는 겁니다.'

'당신이 얼마나 잔인한지 모를 겁니다.'

'내가 얼마나 간절한지 알면서 이럴 수 있습니까?'

무거운 발걸음으로 주일 예배로 향하는 길, 허탈함과 무력감에 젖은 채 운전대를 잡고 신호등이 파란불로 바뀌기를 기다리고 있었다. 그때 깊은 내면에서 나지막이 울리는 소리가 들려왔다. 가슴을 후벼 파며 귀를 울려댔다.

"너는 왜 지금 이 순간을 기적이라 여기지 않는 것이냐."

뜨거운 눈물이 두 뺨에 흘러내렸다. 멈추려 해도 불가능했다.

'기적?'

뇌종양 완치 판정 후 4년 동안 어머니 손을 잡고 웃음을 나누었던 순간들이 주마등처럼 스쳐 지나갔다. 어머니와 함께 보낸 시간이 이전보다 더 많아지기도 했다. 돌아보니 모든 순간이 기적이었다. 그리고 아직 어머니와 함께할 시간이 남아 있으니, 이 또한 기적이었다.

나는 하늘이 허락한 마지막 순간까지 어머니와 행복하게 보내리라 결심했다. 내 삶의 두 번째 기적은 이러한 깨달음이었다.

마지막 순간

병실 창문으로 따뜻한 햇살이 내려앉았다. 그날도 병실에 어머니와 앉아 있었다.

"내 사진이네?"

어머니는 평생 모아둔 아들의 사진을 한 장씩 넘겼다. 사진을 보니 기억이 새록새록 떠올랐다.

어머니와 함께 추억의 길로 나선다.

한껏 바람이 불어와 어머니의 머릿결이 날린다. 곱던 얼굴에 어느새 주름이 생기더니 하나둘 늘어간다. 버스에 오르는 아들에게 손을 흔들던 어머니의 손에도 어느새 주름이 가득하다. 열 살 아들 준길이보다 한참 크던 어머니는 어느새 아들보다 한참이나 작아져 있다. 고개를 들어야 아들의 얼굴을 마주할 수 있다. 그런데도 어머니는 방긋 웃는다.

"잘 자랐구나, 내 아들. 이렇게 든든하게 자랐구나, 내 아들."

어머니는 말없이 또 웃는다.

"눈에 넣어도 아프지 않을 내 아들."

어느새 어머니의 눈에 눈물이 고인다.

"어머니, 울지 말아요. 나 괜찮아요."

어머니는 고개를 끄덕인다. 그러다 결국, 미안하다고 또 미안하다고 잘못도 없이 사과를 한다. 어머니가 뭐가 미안한 건지, 내내 내준 사람이 왜 미안해하는 건지 알 수 없다. 그런데도 어머니는 더 주지 못한 걸 마냥 미안해만 한다. 한두 번도 아닌데 어머니는 또 계산을 틀린다. 한없이 내주고서도 더 내주지 못했다고 미안해하다니, 뭐 이리 계산이 엉성할까? 이렇게 손해를 보고서도 마냥 행복해하다니. 안다. 어머니는 생의 마지막 날까지도 틀린 셈을 하리라는 걸.

어머니는 어떤 존재일까. 문득 '엄마의 기적'이 궁금해졌다.

"살아오면서 엄마한테 기적이라고 느꼈던 순간이 있었어? 그게 언제야?"

작은 목소리조차 내기 어려운 상태였지만, 어머니는 또렷하게 대답했다. 이제 아들과 대화할 날이 많지 않다는 걸 알고 계셨던 걸까?

"언제가 기적일 것 같노? 완치 판정받은 게 기적일 것 같제?"

당연한 걸 물어본 건가 싶었는데 답이 예상외였다.

"아이다. 엄마한테는 니 존재 자체가 늘 기적이다 아이가."

엄마 대답에 목이 잠겨왔지만, 그래도 하나를 더 물어봐야 했다.

"내가 기적이라고? 나도 엄마가 내 기적인데…. 그러면 그 기적에 어떻게 보답하면 될까?"

대답을 듣고 싶었다. 꼭 필요한 답이었다. 엄마를 그리워할 때마다 어떻게 해야 할지를 몰랐으니까.

"보답? 그런 게 어딨노. 기적이면 그냥 기적인 거지. 안 잊으마 되는 기라. 살다 보면 고마운 게 얼마나 많노. 우리 식구들 도와준 장학회도 잊지 말고, 니 잘 되라고 쓴소리 해주는 회사 선배들도 고맙고, 니 힘들 때 소주 사주는 친구들도 고맙고. 그러니 잊지 않고 기억해주면 되는 기라."

그렇게 사랑하는 우리 어머니는, 2년 전 하늘나라로 떠났다.

누나와 찾은 봉안당. 사진 속 어머니가 환하게 웃고 있다.

"왔나, 엄마 말 안 잊었으믄 되는 기다."

어머니가 웃으며 나를 반기고 있다. 대학 합격 날이 떠오른다. 그게 뭐라고 어머니는 세상을 다 얻은 듯 기뻐하셨다. 감당키 어려운 고난이 시작될 걸 빤히 아시면서도 어머니는 마냥 좋아하신다. 아들이 잘 되니 마냥 좋으신 어머니, 남들이 부러워하니 마냥 자랑스러운 나의 어머니다.

이제 어머니는 사진으로만 볼 수 있다. 손을 잡을 수도 안아볼 수도 없다. 아쉽다. 속상하다. 가슴이 아프다. 아직도 어머니란 존재는 마냥 미궁 속이다.

어머니의 사랑은 대체 얼마나 크기에 아직도 가늠이 어려운 걸까. 안다고, 제법 안다고 말해왔는데, 아직도 아니 어쩌면 영원히 알 수 없는 미스터리다. 그래도 감히 한 가지는 안다. 어머니가 내 인생의 가장 큰 기적이라는 것쯤은.

'어머니. 어머니는 나의 가장 큰 기적입니다.'

어머니의 목소리가 들려온다.

"무신 소리고, 엄마한테는 니 존재 자체가 늘 기적이다 아이가."

어머니는 늘 변함없이 다정하고 따뜻했다. 나는 기적이라는 말을 떠올린다.

'그래 엄마, 나는 영원히 잊지 않을 거야. 이 순간의 기적들을….'

사랑한다는 말 한 번이라도 더 해드릴걸, 어머니가 해준 밥 더 맛있게 먹을걸, 산책 한 번이라도 더 나갈걸, 기왕 웃는 거 더 크게 웃고 더 많이 웃을걸, 파도처럼 후회가 밀려오지만 울지 않겠노라 다짐한다. 어머니가 아들이 울지 않기를 바란다는 걸 안다. 겨우 이제야 그걸 안다. 바보처럼….

웃으며 어머니를 본다. 걱정 말라며 어머니를 향해 고개를 끄덕인다.

'내 기적으로 머물러줘서 너무 고마워. 고마운 순간을 잊지 않고 기억하는 것, 기적은 그렇게 시작되고 또 흘러간다고 알려줘서 고마워. 사랑해, 엄마. 영원히.'

어떻게 하긴, 감민주처럼 살면 되지

호텔감텔, 주식회사 키들, 느림즈 스튜디오 공동대표

감민주

앞만 보고 달리는 경주마

초등학교 때도 중학교 때도 공부엔 별 관심이 없었다. 그러다 어느 날 창고에서 발견한 기타가 내 마음을 사로잡았다. 뭔가 취미를 하나 가져볼까 하던 때였다.

'나도 기타를 칠 수 있을까?'

현란한 기타 연주가 머릿속에 떠올랐다. 어느새 나는 무대 위의 주인공이 되어 있었다. 연주가 끝나자 많은 사람이 일어나 기립박수를 치며 환호했다. 음악, 악기는 나와는 어울리지 않는다고 생각해 관심이 없었는데, 막상 기타를 품에 안는 순간 생각도 바뀌었다.

곧장 학원으로 향했다. 어서 능숙한 연주를 하고 싶었다. 생각보다 어렵지 않은 악기였기에 나는 이내 음악에 빠져버렸다. 그리고 얼마 지나지 않아 설정된 미래.

"나는 실용음악과에 간다."

꿈은 뮤지션이 된다. 그때가 중학교 2학년이었다. 다들 중2병으로 방황 중이었지만, 나는 기타에 빠져 그 흔한 병엔 걸리지 않았다.

기타를 연주하는 동안은 그저 신이 났다. 평생 직업으로 삼아도 좋다고 여겼다. 하지만 생각보다 빠르게 한계가 다가왔다.

'이렇게 빨리 고난이 닥칠 줄이야.'

학원 원장님은 생각만큼 고민치 않으셨다.

"이 능선을 넘지 못하면 그냥 취미로 해라."

생각지 못했던 걸 해내고 있으니 소질이 제법 있다고 생각했는데, 그게 아니었다. 능선은 생각보다 높고 험했다. 한 번 고비가 생기니 내내 즐거웠던 연주도 고역이 되었다.

실용음악과만 생각하고 살았는데, 실용음악과를 제외하고만 생각해야 했다. 연주의 한계에서 갈팡질팡하고 있을 때 원장님이 각오한 표정으로 말씀하셨다.

"감민주, 연주자로 먹고살긴 힘들 것 같지?"

원장님의 말씀이 정답이라 대꾸할 생각은 하지 않았다.

"넌 재능이 없다. 그러니, 공부나 해."

기타를 그만두는 건 둘째로 두고 선택지가 결국 공부라니. 게다가 그러니, 라니?

'공부가 그러니, 라서 할 수 있는 거라면 얼마나 좋을까.'

짜증 났지만 그러니, 결국 할 건 공부뿐이었다. 원장님 말씀이 옳았다. 그렇게 선택지 없이 공부는 운명이 되었다.

그간 멀리하던 책을 펼쳤고 공부에 매진했다. 실력이 일취월장하지는 않았지만 기타를 배울 때에도 나는 열심이었다. 어려서부터 뭐든 끈기 있게 한다는 소리를 듣고 자랐다. 공부도 마찬가지였다.

'공부가 이렇게 즐거운 놀이였어?'

연주와 달리 명제가 정해진 공부는 즐거웠다. 그리고 즐거움의 부피가 날이 갈수록 더 커졌다. 하지만, 공부에도 한계가 찾아왔다.

누군가는 천재라서 하나를 알려주면 열 개를 안다고 했다. 주변에서 공부 좀 한다는 소리를 듣는 친구들은 하나같이 비슷했다. 나는 열 번을 생각해도 천재적인 두뇌를 가진 건 아니었다. 하지만 공부마저 포기한다면, 더는 할 게 없었다.

이전보다 더 묵묵히, 엉덩이가 무겁게, 성실히 공부에 임했다. 모르는 문제는 알 수 있을 때까지 몇 날이라도 고민했다. 그러다 보면 잠을 자다가도 깨달아졌다. 이해가 어렵다면 차라리 무작정 외웠다. 그리고 우수한 성적으로 고등학교에 들어갔다.

'이제 겨우 시작점에 도착한 거다.'

기숙사 친구들이 놀 때에도 나는 책을 붙들었다. 수능 후에도 손에 들린 건 책이었다. 대학에 가도 놀지 않을 생각이었다.

10대 시절, 앞만 보고 달렸다. 공부 외엔 어느 것에도 곁눈질하지 않았다. 마치 한 마리의 경주마처럼!

혼돈의 경주마

혼돈이 찾아온 건 대학교 입학 후였다. 나는 중심을 잡기가 어려웠다.

'이게 말로만 듣던 천재파와 노력파의 차이일까.'

동기 중엔 소위 말하는 천재가 한둘이 아니었다. 아니 나만 빼고 모두 천재가 아닌가 싶을 지경이었다. 모두 나만 쳐다보며 손가락질을 해대는 것만 같았다.

"야 우리 중에 천재가 아닌 사람이 있어."

"말도 안 돼. 천재도 아닌데. 우리 과에 합격했다고?"

"그게 누군데?"

"누구긴, 감민주지."

귀를 틀어막았지만 그 소리는 귓속에서 더 크게 울려댔다. 힐끔 동기들을 둘러보았다. 모두 같은 색의 옷을 입고 나만 다른 색의 옷을 입고 있는 것만 같았다. 밉고 싫고 짜증이 났다. 화가 났지만, 달랠 사람 역시 나뿐이었다.

경주마는 내내 열심히 달렸다. 누가 채찍질을 하지 않았지만, 앞만 보고 달리는 본분을 잊지 않았다. 그래서 두려움이란 게 없었다. 중학교와 고등학교 시절, 그저 열심히 뛰고 또 뛰었으니까. 나를 앞서 나가는 말은 한 마리도 없었다. 하지만 경주마는 혼돈에 빠졌다. 나를 제치고 모두 앞으로 달리고 있었다. 거리가 한참 벌어진 채로.

그간 달려온 길은 의미가 없었다. 작은 운동장의 일등은 내세울 경력이 못 되었다. 모두 일등이 모여 다시 일등의 자리를 노리는 곳, 16강도 8강도 필요 없이 모두 결승전에 오른 선수들이었다. 만만히 보면 눈을 뜨고 있어도 코가 베일 판이었다.

경주마는 혼돈을 이겨내려 작정했다. 정신을 차려야 한다며 다시 채찍질했다. 하지만 다짐과 달리 수업 내용을 따라가기에도 벅찼다. 교수님이 내게 질문이라도 하면 어쩌나, 고개를 숙인 게 대학교에 가서 처음이었다. 중 · 고교 시절엔 가장 자신 있던 일이 대학교에 들어가자마자 가장 자신 없는 일이 되었다.

동기들은 나와 달랐다. 마치 대학을 이미 졸업하고 다시 강의실에 앉은 듯 막힘없이 척척 답했다. 자신감이 넘치는 표정에 나는 또 기가 죽었다. 구멍 난 풍선처럼 자신감은 곧장 빠져나갔다.

'천재들이 나를 에워싸고 있어.'

'그들에게 나는 어떻게 보일까?'

'어떻게 같은 자리에 있는 거냐고 깔보는 건 아닐까?'

나는 크게 흔들렸고 크게 좌절했다. 그러는 사이 그들은 나를 한참 더 앞질러 나갔다. 쫓아가보려고 온 힘을 다했지만, 만만히 여길 거리가 아니었다.

'여기서 멈추는 게 답일까?'

뒤를 돌아보았다. 내내 달려온 길이 까마득했다. 그 많은 시간과의 사투에서 나는 승리했다. 승리자들끼리만 모인 곳, 별 수 없었다. 일등은 못하더라도 뒤처지는 건 절대 용납할 수가 없었다.

별 수 없었다. 그들은 '천재파'였고 나는 '노력파'였다.

'그래 어쩌겠어. 방법은 그래도 뛰는 것뿐.'

잠시 혼돈하던 경주마는 다시 앞으로 달려나갔다. 그들이 쉴 때도 뛰었고, 그들이 뛸 때는 더 뛰었다.

1학년과 2학년 내내 계절 학기를 빠짐없이 들었다. 3학년과 4학년 때는 인턴 생활 중에도 쉬지 않았다. 조금만 고단해도 휴학하는 동기들이 많았는데, 나는 생각도 해본 적이 없었다. 졸업식이 치러지는 날까지 단 한 번도 쉴 생각을 한 적이 없었다.

누군가는 세계 일주를 하고 돌아왔다며 사진을 내밀었고 누군가는 교환학생을 다녀왔다고 자랑했다. 졸업이 가까워졌을 때 무작정 달려온 내가 뿌듯했지만, 한편으로는 여유 없이 달려온 대학 시절이 아쉬웠다. 나를 달래줄 사람도 나뿐이었다. 멋진 명분은 후회를 물리치는 수단이었다.

'그 덕에 나는 뒤처지지 않았다.'

'뒤처지지 않은 덕에 더는 흔들리지 않았다.'

'흔들리지 않았으니, 감민주다!'

슬기로운 사회생활 1

대학을 졸업하며 곧장 대학원에 진학하기로 했다. 내내 뒤처지지 않으려고 기를 쓰며 공부했는데, 몸에 깊게 배어 있어 떨쳐내는 게 더 힘들었다.

'차라리 잘 된 걸지도 모른다.'

곁눈질할 새도 없이, 대학원에 들어갔다. 진짜 공부가 좋았고, 공부가 더 하고 싶어서였다. 교수가 되어야 한다거나 한 분야의 전문가가 되어야 한다는 거창한 의미도 두지 않았다. 나는 그냥 공부가 좋았다. 의무를 벗어난 공부, 그게 그냥 좋아서였다.

공부를 사랑했다면, 누군가는 거짓말이라고 할지 모른다. 아니 천만에, 그때 나는 공부를 정말 사랑했다. 이별은 싫었다. 내가 신나게 공부한 이유다.

"교수 되려고?"

모두가 당연한 것처럼 물었다. 하지만 그때마다 대답은 같았다.

"물론 그럴 수도 있지만, 지금은 그냥."

"그냥?"

"공부가 좋아."

사랑한다고까지 고백해버리면 손발이 오그라든다고 할까 봐, 그쯤에서 멈추느라 힘들었다. 늘 최선을 다하지 않은 적이 없었지만 대학원을 다니는 2년간은 온 에너지를 쏟아 공부에 열중했다. 무엇을 더 공부해야 할지 모를 때, 그때 책을 덮자는 게 소신이었다. 그렇게 오래도록 공부가 이어졌다.

대학원 2년의 과정이 끝날 무렵, 그만 책을 덮어도 좋겠다는 판단이 섰다. 10대 시절부터 대학까지, 그리고 대학에서 대학원까지 공부에 매달려왔다.

그래, 안다. 누군가는 아무 고민 없이 살았을 거라 할지 모른다. 누군가는 탄탄대로를 달린 거라고 부러워할지 모른다.

부정하지 않겠다. 객관적으로 보면 고도의 역경을 이겨낸 삶이라고 할 수 없을지도 모르니까. 하지만, 매끄러운 길을 달린다 해서 흥건한 땀이 흐르지 않는 건 아니다. 나도 지칠 때가 있었고 나도 눈물이 날 때가 있었다. 다만, 그쯤으로 소리 내면서까지 울지 않았을 뿐이다.

다들 밖으로 뛰쳐나갈 때 늘 책상과 마주하며 인내했고 그 인내의 기간 또한 만만치 않았다. 이제 정상인 줄 알았는데, 함께 올라선 동료들이 모두 천재라는 걸 알았을 때, 고통까지는 아닐지 모르지만 다시 또 달려야 한다는 부담. 그건 경험하지 않은 사람은 알 수 없다. 거저 얻는 건 세상에 아무것도 없으니까. 그래서 감히 말하건대, 나도 거저 얻은 건 아니다.

공부를 접고 회사를 알아보기로 했다. 드디어 사회에 입성하기로 한 것이다. 책이 덮이던 순간 걱정도 접었다. 희망을 품어도 시간이 모자랄 판에, 겨우 걱정 따위로 세월을 낭비하는 건 도박보다 멍청한 짓이다.

석사 졸업 후, 연구소에 가면 2년을 경력으로 인정해주지만, 설계로 가면 1년만 경력으로 인정했다. 고민이 안 되었을 리가 없다. 하지만 편한 것보다 모험을 택하기로 한다. 설계 쪽으로 가기로 결정했다.

'그래. 감민주다운 결정이다.'

뭐 어때, 아직은 내가 나를 칭찬할 수밖에. 하지만 기다려. 나를 곳곳에서 칭찬하게 만들 테니까. 나는 자신이 있었다. 힘껏 달려 천재들과의 거리를 좁히다 못해 앞질러오지 않았던가.

회사엔 많은 사업부가 자리해 있었다. 그중에서 내가 택한 곳은 군함을 설계하는 특수선 사업부였다. 사람들은 내게 큰 호기심을 보였다.

"왜 이곳으로 왔어요?"

"연구소는 2년이 경력인데."

나는 주저 없이 답했다.

"특수선 사업부 직원들 명찰이 마음에 들어서요."

"예?"

그건 솔직한 답이었다. 당연히 관심이 컸지만 그들이 목에 걸친 명찰을 내 목에도 한번 걸어보고 싶었다. 빨간 줄이 그어진 명찰이 무척 마음에 들었다. 그 명찰을 찬 사람은 취급 인가 구역에 자유롭게 드나들 수 있었다.

"몰랐어요? 여기 계신 분들이 얼마나 멋진지."

나도 그곳에서 멋진 사람이 되고 싶었다. 그리고 내가 찬 명찰을 보고 누군가도 같은 꿈을 꾸게 해주고 싶었다. 얼마나 멋진가. 누군가 나를 보며 꿈을 꾼다는 사실이.

그렇게 나의 사회생활이 시작되었다. 5년간의 회사생활. 정말 즐거운 기간이었다. 맞다. 천재들과 경쟁을 치러 가게 된 자리다. 뒤로

숨겼던 자신감이 불쑥불쑥 튀어나왔다. 나는 속에 뭔가를 억지로 담으려 하지 않았다. 거칠 것 없이, 경계선 없이, 뭐든 시원시원하게 말했다.

"그건 제가 꼭 해보고 싶은 일입니다."

"당연해 해봐야죠. 누가 하긴요. 제가 하죠."

나는 과감해졌다. 맡은 일에 최선을 다했으니 망설일 일이 없었다. 어떤 과제가 생기면 손을 드는 데 주저하지 않았다. 용기 넘치는 나를 사람들은 좋아했다. 업무적으로 스트레스를 받지 않으려고 애썼다. 그러다 자칫 사람을 잃을 수 있다는 누군가의 권고를 깊이 받아들였다. 회사에 입사한 후, 계획을 수정한 적이 거의 없었다. 사람, 일 모두 한결같아야 한다고 생각했다. 사회생활에서 가장 중요한 일이었다.

그래, 누군가는 또 무탈했으니 쉬웠다고 평할지 모른다. 하지만, 무탈하려면 남들은 모르는 노력이 컸다는 사실은 알지 못한다.

'스트레스가 쌓이면 바로 무너트린다.'

'겹겹이 쌓아두면 사람 사이에 문제가 생기기 마련이다.'

'그때그때 풀어야 한다. 반드시!'

내내 담아두어 인간관계가 흐트러지는 건 용납할 수가 없었다. 그처럼 어리석은 일은 없다. 그래서 항상 버거운 일이 생기면, 곧장 풀어버렸다. 스트레스가 아예 발을 붙이지 못하도록. 쌓일 틈을 주지 않았다.

인간관계에 있어 문제없이 일을 하면 장점이 많다. 일단 누군가의 눈치를 보지 않게 된다. 눈치를 보는 순간, 눈치를 주는 순간, 서로가 서로를 경계하게 되고 이는 경쟁을 부추기는 몹쓸 짓이 된다.

나는 인간관계를 가장 중요하게 여긴다. 눈치를 보지도 않았고 주지도 않는다. 눈치를 보는 순간, 업무의 효율성이 줄고, 눈치를 주는 순간 아이디어가 사라진다. 다 주고받아도 눈치만큼은 허용할 수 없다. 내가 그러니 동료들도 그랬고 동료들이 그래주니 나도 가능했다. 나는 그래서 동료들이 좋았다. 상사를 힘들다고 여기지 않고 늘 좋은 것만 보았다. 상사가 좋으니 상사도 나를 좋아했다.

'연애가 왜 좋은데, 서로 좋아해서잖아.'

'회사라고 다를까? 서로 좋은데 무슨 문제가 생긴담?'

평소 회사에서 누구와도 거리를 두거나 벽을 두고 지내지 않았다. 그런 불편한 관계는 애초 내 사전에 등재해둔 적이 없었다. 항상 휴가를 자유롭게 쓸 수 있던 이유다. 누가 믿겠는가. 회사생활을 하면서도 10개국이나 여행을 할 수 있었다는 사실을.

슬기로운 사회생활 2

입사 초반이었다. 회사도 동료들도 모두 마음에 들었는데 딱 한 가지가 성에 안 찼다. 다름 아닌 출퇴근길이었다. 각오를 안 한 건 아니었는데 닥치고 보니 만만한 일이 아니었다. 아침저녁으로 같은 생활을 반복해야 하다니, 생각만 해도 끔찍했다.

'뭔가 다른 방법이 없을까?'

'이건 나 감민주의 스타일이 아냐.'

출근길, 복잡한 버스에 있던 나는 빠르게 지나가는 오토바이를 목격했다. 마치 로켓이 버스 옆으로 날아간 것만 같았다. 눈이 번쩍 뜨였다.

'와우! 뜻이 있는 곳에 오토바이가 있었어.'

왜 그 생각을 못한 걸까. 나는 곧장 오토바이 매장으로 달려갔다.

'멋있어!'

많은 오토바이가 번쩍거리며 나를 반겼다. 왜 이제야 왔느냐고, 내가 주인 감민주를 기다리느라 본래 바퀴가 세 개였는데, 두 개로 변한 전설은 듣지 못한 거냐며 야단치는 오토바이까지, 죄다 나를 환영만 해댔다.

사람만 친구인 줄 알았는데, 오토바이도 충분히 친구가 될 수 있었다. 곧장 오토바이를 사기로 결심했다.

오토바이에 오른 나를 상상한다. 시동을 걸고 도로를 질주한다. 내가 이렇게 멋질 수 있다니 상상만으로도 흥분지수가 오른다. 웬걸, 나는 절대 상상만으로 끝내는 법이 없다. 곧장 실행으로 옮긴다. 그래야 직성이 풀린다. 자전거를 타본 기억도 가물가물 한데, 또 겁이 없다. 미안하게도, 늘 겁이 없는 게 문제다. 괜찮다. 탈이 나지 않는 이상, 문제는 문제가 되지 않는 문제일 뿐이다.

오토바이를 사고 보니 흡족했다. 진즉 살걸, 오랜만에 후회란 것도 해보았다.

“쌩~ 우후!!”

그렇게 나의 애마가 탄생했다. 겁도 없이 오른 오토바이 위에서 시동을 걸었다. 그리고 신나게 달려 나갔다. 언제나 그랬듯, 겁도 없이.

라이더가 된 지 어언 7년이다. 눈 감고도 탈 정도라면 살짝 거짓말이지만, 눈 뜨고는 선수 못지않게 달린다. 대단하다고? 천만에! 겨우 그쯤으로 끝날 내가 아니다.

처음엔 운전이 편한 오토바이를 이용했다. 하지만 차츰 실력이 늘면서 수동 바이크를 탐내기 시작했다. 당연히 고민은 오래 하지 않는다. 곧장 수동 바이크를 구매하고 도로를 질주했다.

“쌩~ 우후!!”

미친, 똑같은 오토바이인데 이렇게 다를 수가 있다니, 진즉 바꾸지 않은 걸 후회했다. 누군가는 활동적인 나를 보며 웃었고, 누군가는 나만 보면 웃었다. 미안, 나도 나만 보면 웃음이 터진다.

“민주 씨를 보면 우울하다가도 웃음이 터져.”

“걸크러시 감민주! 멋져!”

“언니, 나도 언니처럼 되고 싶어요. 어떻게 하면 가능하죠?”

“어떻게 하긴, 감민주처럼 살면 되지.”

그럼, 즐거움을 주는 사람이 된 거면 인생 반은 성공한 셈이지!

오토바이만으로 성이 찰 리가 있나. 어느 날부터 관심이 생긴 살

사를 그냥 건너뛸 수가 없었다. 이제는 살사에 도전이다. 뭐든 열심히 하는 성격 탓에, 성격 덕에, 살사 동호회 회장까지 역임했다.

"이제 끝입니까?"

"아뇨. 그럴 리가요."

나의 관심은 끝이 없다. 이후 테니스를 배워 아마추어 대회에 참여했고 줌바도 배웠다. 줌바를 배울 때는 강사 자격증까지 취득했으니, 누가 나를 말리랴.

나는 알차게 하루를 보내는 삶을 꿈꾼다. 내일 아침 눈을 뜨면 하루를 어떻게 보람차게 보낼지 생각한다. 어차피 한 시간이 흐를 테고 반나절이 지날 것이며, 오후가 올 테고 밤이 기웃댈 것이 아닌가. 나는 하루에 지는 게 싫다. 하루가 나를 이기는 게 못마땅하고 견딜 수 없다. 한 번 사는 인생이 아닌가. 겨우 하루에 지고 좌절하는 멍청이가 되는 건 허용 불가다. 백세나 사는 세상이라니, 아니 겨우 백 년밖에 못 사는 인생이다. 나는 감민주 아닌 감민주가 되는 게 싫다.

'삶의 마지막 순간 후회하지 말자.'

'그러려면 오늘이 가장 알차야 한다.'

'얼마나 오래 사는가보다 어떻게 사는가가 백배 중요하다.'

아니, 인생이 두 번이라도, 감민주의 슬기로운 사회생활은 같을 것이다.

'나는 어제를 후회하지 않는다. 늘 오늘에 충실해서다.'

삶의 방식에 정답은 없다

회사를 다니면서 일상을 기록하기 위해 블로그를 운영했다. 마침 코로나19가 터져 늘 마스크를 낀 채로 생활해야 했다. 종일 마스크를 귀에 걸고 있으니 고통이 심했다.

'아프지 않고 마스크를 낄 수 있는 방법은 없을까?'

연구를 한 끝에 좋은 결과를 얻었고, 곧장 블로그에 기록했다. 그런데 불과 얼마 지나지 않아 생각지 않은 일이 벌어졌다.

"아이디어가 정말 좋은데요?"

"제품화하시는 건 어때요?"

"판매해도 반응 좋을 것 같은데요."

게시물의 조회 수가 빠르게 올랐다. 생각지 못한 반응에 어리둥절할 뿐이었다. 역시 고민을 오래 하지 않았다. 그건 나 감민주 스타일이 아니니까!

곧장 남자친구를 불렀다. 속전속결, 역시 감민주 스타일로 밀어붙였다. '한번 해볼까?'에서 '제대로 해야지'로 결정이 났다.

그렇게 마스크 사업을 시작했다. 거저 되는 일이 어디 있으랴. 부산진시장을 쉼 없이 돌아다녔다. 원단을 찾고, 마감 작업업체를 발로 뛰면서 찾아다녔다. 어찌 감민주라고 다 성공할 수 있으랴. 나도 첫술엔 배부르지 않았다.

다양한 업체와 샘플을 만들어냈지만, 실패도 그만큼 많았다. 하지만 흔한 말로 실패는 성공의 엄마라지 않던가. 엄마가 누구이던

가. 결국 형태를 제법 갖춘 제품을 생산해내기에 이르렀다.

우리의 시작도 미약하기는 마찬가지였다. 처음엔 작은 단칸방에서 시작했으니까. 새벽까지 제품을 다듬는 일에서 박스 포장까지 모두 우리의 몫이었다.

'상상은 꿈이 된다.'

어떤 일을 하든, 나는 늘 성공하는 상상을 하곤 한다. 작은 다리를 건널 땐, 넓은 다리가 만들어지고 그곳을 달리는 나를 상상한다. 단칸방에서 마스크를 포장하면서도 성공을 상상했다. 실패를 염려했다면 시도조차 하지 않았을 것이다.

'꿈은 이루어졌다.'

'상상이 현실이 되는 순간이다.'

규모가 차츰 커져갔다. 처음엔 10평의 사무실로 옮겨 작업이 이뤄졌고 얼마 후 20평의 사무실로 옮겼다. 그리고 직원까지 고용해야 할 만큼 규모가 커졌다.

가벼운 마음으로 시작했던 사업이 주 업무가 된 거다. 그때 과감한 결정이 필요했다. 안정적인 직장의 장점은 다달이 월급이 꼬박꼬박 들어온다는 거다. 고민이 전혀 없었다면 거짓말이다. 하지만, 평소 스타일대로 길게 고민하지 않았다.

'그래서 스릴이 있잖아.'

'도전이 멋진 이유일 테지.'

예측 불가하고 위험 요소가 많은 사업. 걱정으로 멈춘다면 이후 더 후회할 것 같았다. 과감히 퇴사를 결심했다.

지금은 남자친구와 함께 사업을 잇고 있다.

마스크 관련 제품과 아이디어 제품을 판매하는 호탱감탱, 유아 완구 제품을 판매하는 주식회사 키들, 캐릭터를 제작하는 느림즈 스튜디오 3개의 사업체를 운영 중이다. 40평과 60평 두 개의 사무실에서 총 아홉 명의 직원과 함께 일하고 있다.

대부분 그러하듯, 나 역시도 어린 시절에는 대학을 졸업하고 취업해 돈을 버는 게 정석이라고 생각했다. 그러다 사랑에 빠지는 남자가 생기면 결혼을 하고 가정을 꾸리는 게 가장 이상적인 삶이라고 단정했다.

하지만, 삶이라는 공식에서 정석이라는 게 있을까?

나의 경우만 보더라도 전혀 다른 길을 걷고 있지 않은가.

사업, 힘들지 않다면 그 또한 거짓말이다. 생각지 못한 변수가 늘 존재하기 때문이다. 하지만 나는 즐겁게 여긴다. 밍밍하면 무슨 재미가 있을까. 그건 나와는 안 어울린다.

여행을 하며 만나게 된 음악 친구가 있다. 그는 말한다.

“돈? 있기도 하고 없기도 하지.”

“수입이 고정적이지 않지만 대신, 내겐 낭만이 있잖아.”

“낭만이 밥 먹여 주느냐고? 모르는 소리. 나는 낭만으로 먹고살거든?”

마음과 발길이 가는 대로 그는 걷는다. 기타를 등에 걸친 그는 낭만으로 먹고산다. 거짓말이 아니다. 그는 멋지다!

지인 중에 일타 영어 강사가 된 사람도 있다. 사실 그는 공무원

시험에 수차례 떨어진 경험자다. 절망으로 포기하고 마음을 달래려고 떠난 해외여행, 거기서 배운 영어가 삶을 바꿨단다. 한 치 앞도 알 수 없는 게 인생이다. 로또보다 더 기대하게 만드는 게 인생이란 말이다. 그러니 실망은 금물이라네.

내 방식을 사랑하리

살아가는 데는 공식이 없다. 각자 방식이 다르기에. 안정적인 삶의 방식이 좋으면 회사를 다니면 된다. 사업이 멋져 보이면 도전하면 된다. 다수가 말하는 삶이 공식이라고 믿을 필요는 없다. 삶에 정답이 어디 있다고!

좋은 대학을 안 나왔더라도, 좋은 회사를 다니지 않더라도, 괜찮다. 돈을 벌 수 있는 방법은 다양하며, 돈이 많다고 해서 행복한 것도 아니다. 행복은 내가 어떻게 생각하는가에 따라 기준점이 달라진다.

"걱정 말아요. 실은 짧은 기간일 뿐입니다."

사업에 망해, 대학에 떨어져, 죽도록 사랑하는 사람과 헤어져, 우리는 울 일이 참 많다. 인생처럼 다채로운 게 또 있을까. 하지만 그 때문에 십 년을 우는 사람을 본 적은 없다. 살아오며 내가 내린 엄청난 결론은 이렇다.

'걱정 마시라. 절망의 시간은 매우 짧다.'

'겨우 절망 따위에게 승리를 내주지 말자.'

지금 당장, 행복해야 할 때

많은 사람들은 말한다.

"미래의 행복을 위해 지금의 행복은 잠시 포기하자고."

하지만 나는 생각이 다르다.

오토바이를 타고 달리는 내가 행복한 건, 지금 이 순간이기 때문이다. 지금 행복해야 한다고 나는 생각한다. 그래서 달리는 거다. 신나기보다 행복해서다. 나는 늘 생각을 달리하려고 애쓰는 편이다.

"무슨 맛이 이래?"라고 하는 사람 앞에서 나는 다르게 표현한다.

"맛이 아주 특별한데?"

모두 맛없다고 하던 고등학교의 급식도 나는 맛있게 먹었다. 맛없다고 투덜댄들, 만화 속처럼 맛이 변할 수는 없다. 사람들은 투덜대기를 즐긴다. 그런다고 변하는 건 아무것도 없다. 그래서 나는 투덜대지 않는다. 그럴 시간에 행복할 거리를 찾는다. 즐겁게 생각하면 모두 즐거워진다는 걸 나는 안다. 남 탓을 하지 않은 이유도 그 때문이다. 탓하면 독이 되고 인정하면 득이 된다는 걸 나는 안다.

'나는 다른 사람으로 바뀔 수 있는 게 아니다.'

'너 역시 나로 바뀔 수 없다.'

내가 힘든 건 남의 탓, 남이 잘 된 건 내 덕이라고 사람들은 생각한다. 나는 반대로 생각한다. 내가 힘든 건 내 탓, 남이 잘 된 건 그의 능력일 뿐이라고.

나는 매일 빽빽하게 하루의 업무 목록을 채워놓는다. 빼놓을 수 없는 즐거움이다. 하루를 마감하는 시간, 빼곡하게 채웠던 목록을 점검한다. 채워진 게 많을수록 행복지수도 높아진다. 지금은 행복해야 할 때다. 실컷 웃고 감동해야 할 때다. 그런데 주위를 둘러보면 고단한 일을 먼저 떠올리고 절망하는 사람이 많다. 침대에 눕는 순간, 고통을 떠올리는 것처럼 어리석은 짓은 없다. 최소한 잠을 자는 동안 편안해야 한다. 지금은 행복해야 할 때다.

멋지지 않은 인생은 없다

지난 32년을 되돌아본다. 오토바이를 타고 달리는 사진에 웃음이 터진다.

'아, 나는 열심히 살아왔구나.'

'그래도 멋진 삶을 살아가고 있다.'

그래, 내 삶엔 큰 굴곡이 없었는지도 모른다. 비교적 평탄했던 삶. 자신감으로 살아온 인생. 누군가가 이런 말을 한 적이 있다.

"세상 풍파를 겪는다는 게 뭔지 넌 모를 거다."

"너처럼 굴곡 없이 살아온 사람이 알 턱이 없지."

"고난 없이 살아온 애가 인생의 쓴맛을 알아?"

나는 자신 있게 답한다.

"웃기시네. 쓴맛을 어디다 쓴다고. 쓸데가 없어서 쓴맛이라고 하는 거야."

"그거 알아? 넌 나한테 단맛 내는 방법을 한 번도 안 물어봤다는 거."

같은 상황이라도 나는 좌절하지 않은 거다. 표를 내지 않았던 건 무엇이든 좌절이라고 여기지 않았던 이유다. 쓴맛이라니, 나는 늘 달게 먹고 달게 삼켰다. 지금, 행복하기 위해서. 바보처럼 좌절 따위에 넘어지지 않기 위해서. 세상이 내게 평탄한 삶을 주었다기보다, 내가 평탄하게 살아왔다고 자부한다.

'왜, 나는 감민주니까!'

순탄하게 살아왔다고 해서 평범한 인생이라니, 매 순간 최선을 다해 살아왔기에 평탄을 대가로 받고 살 수 있었다. 사람들은 그 비밀을 모른다.

'아, 이제 들켜버렸군!'

세상의 모든 인생은 멋지다! 내게는 내 인생이 가장 멋있다. 그리고 그대에겐 그대의 인생이 가장 멋지다! 제발, 그 멋진 인생 묵히며 울지 마시라. 나중에 울며 보낸 시간이 마냥 아까워 죽는다!

"그대, 지금 당장, 이 순간이 가장 행복하기를…."

이제야 깨달았다!
내가 평생 기적 속에서
살게 되었다는 사실을

국회입법조사처 입법조사관
김태엽

나는 깨어났고 살아났다

의식을 잃는다는 건 어떤 걸까. 모든 것이 깜깜해지며 온몸에 기운이 빠져나갔다. 깊은 잠과는 다른 어둠이 나를 밤새 붙들고 있었다. 절대 놔주지 않을 것처럼.

나는 물속에서 허우적댔다. 발버둥 칠수록 더욱 깊이 빠져들었다. 기억은 끔찍하기만 했다. 살고 싶었다. 살아서 해야 할 일이 너무 많았다. 하고 싶은 공부도 많았고 부모님께 효도 한 번 제대로 못했으니, 벌써 세상을 떠나는 건 억울했다. 많은 이유들로 아직은 세상을 떠날 수가 없었다.

얼마나 지났을까. 눈을 떠보니 양팔과 양다리가 모두 묶여 있었음을 느꼈다.

"어제는 꼼짝도 안 하더니, 이제 깨어났구나."

"제가요?"

"어, 꼬박 하루가 걸렸네."

옆에서 간호 중이던 영어 교과 Y 선생님이 고개를 끄덕였다. 이런 건 영화에나 나오는 일인 줄 알았는데, 믿을 수가 없었다. 눈동자를 굴려 사방을 훑어보았다. 병원의 높은 천장이 내려다보고 있었다. 넌 죽지 않았다고 뜨거운 태양이 빛을 뿜어댔다. 손에 꽂힌 주삿바늘이 살아 있음을 증명하고 있었다.

"다행이야. 모두 얼마나 놀랐는지."

나는 분명 숨을 쉬고 있었다.

"아버지가 중국에서 오고 계신대."

"아버지가요?"

"많이 놀라셨어. 당연하지."

아들의 사고 소식에 얼마나 충격을 받았을까, 짐작도 어려웠다. 인공호흡기는 제거했지만 호흡은 여전히 불편했다. 잠들지 않으려고 애를 썼다. 만약 다시 잠들면 영영 깨어나지 못할 것만 같았다. 하지만 약 기운에 자꾸만 잠이 쏟아졌다. 결국, 깊은 잠에 빠졌고 다시 하루를 꼬박 잠든 채로 보냈다.

"저 이제 괜찮은 건가요?"

"저 살아 있는 거 맞죠?"

헉헉대는 숨소리에 내가 안심이었다. 다음날 다시 깨어났을 땐, 중환자실이 아닌 일반 병실이었다.

그해 여름

2008년 초여름, 고등학교 1학년 때였다.

처음 가보는 미국, 샌프란시스코를 거쳐 다시 한번 비행기에 오르는 일정이었다. 동부로 건너가 보스턴, 뉴욕, 워싱턴 D.C. 등 주요 도시를 방문하는 일정이었다. 주요 대학을 방문해 캠퍼스를 돌아보고, 공부 중이거나 직장 다니는 선배들을 만날 예정이었다. 총 2주의 수학여행이었는데, 사고는 사흘째 되는 날 일어났다.

말로만 듣던 실리콘 밸리에 들른 날이었다. 모든 게 신기하고 재미있던 하루였다. 그날 생각지 않은 일이 벌어질 거라곤 상상도 하지 못했다. 그것도 먼 나라 미국에서.

"태엽아, 뭐해. 빨리 나와."

저녁을 먹고 숙소에 돌아왔을 때, 아이들이 모두 나를 찾았다.

"지금 나가."

친구들이 빨리 나오라며 소리치는 통에 번개처럼 뛰쳐나갔다. 그때 혈기 넘치는 열일곱 살이었다. 방 안에 가만히 앉아 있을 나이가 아니었다. 편한 옷으로 갈아입고 호텔 야외 수영장으로 향했다.

"여기야 여기. 태엽아 여기로 와."

모두 수영장에 모여 나를 부르고 있었다. 누군가는 친구를 물에 빠트리고 웃어댔고 누군가는 반대로 기어올랐다. 모두 한참 신이나 있었다. 어느 순간이었는지 아득한 기억인데, 나도 누군가의손에 이끌려 수영장 가까이 다가갔다. 그리고 곧장 두 친구가 나를물에 빠트렸다.

물의 깊이는 2.4m 정도 됐다. 수영에 능숙하지 않으면 위험한 높이다. 평소 수영을 했지만 능숙한 건 아니었다. 갑자기 물에 빠지고 나니 겨우 배운 수영은 아무 소용이 없었다. 나는 온몸을 허우적대기시작했다.

'살려줘, 살려줘!'

소리쳐보려고 애를 썼지만 입 밖으로 터져나가지 않았다. 몸은 점점 물속으로 빠져들었다. 문제는 그때부터다. 기억이 그곳에 멈춰버린 것이다.

얼마큼의 시간이 흘렀는지 알 수 없다. 물에 잠기고도 밖으로 나오지 않았지만, 모두 잠수 중이라 생각한 게 문제였다. 하지만 한참 지나고도 밖으로 튀어 오르지 않으니 친구들이 당황했던 모양이었다.

"어서, 어서!"

친구들은 또 얼마나 놀랐을까. 모두 달려와 나를 물 밖으로 끌어냈노라고 했다.

"심폐소생술 할 줄 아는 사람. 어서. 빨리!"

CPR을 배운 적 있는 친구들이 심폐소생술을 시도했고 몇몇은 호텔 프런트로 달려가 911을 불러달라고 호소했단다. 듣는 내내 마치 영화의 한 장면을 보고 있는 것만 같았다. 그 주인공이 나라는 사실이 믿기지 않았을 뿐.

가족의 힘

대형 병원이 근처에 자리한 건 천만다행이었다. 금문교가 멀지 않아 물에 빠진 환자가 많이 실려 오는 곳이었다.

간호사가 말했다. 대부분은 자의의 선택이라 거의 살아나지 못한다고.

"다행히 바닷물도 아니었고, 물에 빠질 때 물리적인 충격도 없었던 것 같아요."

"폐에 물이 찼지만, 약이 잘 들어서 회복이 빠릅니다."

담당의가 다가와 나를 보며 말했다.

"Miracle!"

그랬다. 그건 기적이었다. 아마도 어떤 의지를 굳게 잡고 있던 것 같다. 알 수 없는 큰 힘, 그 모를 힘이 내 심장을 다시 헐떡이게했고 숨을 불어넣었다. 아직은 너를 놓을 수가 없다고 더 강하게 잡아당겼다.

당시 부모님은 중국에서 지내시는 중이었다. 교장선생님으로부터 사고 소식을 전해 들었다고 했다. 어머니는 사고 소식을 듣고 식음을 전폐하고 드러눕게 되었고 겨우 열 살이었던 어린 동생이 어머니를 돌봐야만 했다.

아버지는 비행기 표를 구해 일본 도쿄로 날아갔다. 경유 일정으로 스무 시간이 넘어서야 샌프란시스코에 도착하셨단다. 아마도 일분 일 초가 한 시간보다 더 더디게 흘렀을 테다.

그때, 가족의 힘이 무엇인지 깨달았다. 알면서도 자꾸만 잊고 사는 위대함, 그건 가족이라는 이름이었다. 식욕을 돋게 한 것도 아버지였다. 일반 병실로 옮기고 컨디션이 한동안 좋지 못했다. 넘길 수 있는 게 사과주스뿐이었는데, 아버지를 보니 식욕이 솟구쳤다.

"태엽아, 고생했다."

많은 말씀은 없으셨지만, 아버지의 걱정과 염려, 사랑은 온전히 전해졌다. 가족의 힘은 위대했다. 몇 시간 전 거부했던 칠면조 샌드위치가 생각이 났다. 가족의 힘은 어디서 나오는 걸까.

그렇게 일주일이 흘렀다.

"비행기를 타도 될 듯합니다."

담당의는 이제 비행기에 오를 정도로 회복되었노라고 했다. 이후 많은 배려를 받았다. 선생님과 아버지를 동행해 시내를 돌아볼 수 있을 만큼 컨디션이 좋았다.

다음날 아버지는 신신당부를 하고 다시 중국으로 가셨다. 나는 선생님과 함께 친구들이 있는 미국 동부로 향했다.

"정말 잘 됐다. 얼마나 걱정했다고."

"얼마나 놀랐는지 모른다. 다행이다."

"밤새워 기도했어. 신이 우리 기도를 들어주셨다."

친구들의 반가운 마중에 눈물이 터져 나와 참느라 힘들 지경이었다. 결국, 몇몇 친구들이 울먹이며 나를 포옹해주었다. 갑자기 친

기적입니다!

구가 물에 빠져 의식을 잃었으니 얼마나 놀랐을까. 다시 생각해도 아찔했다.

그렇게 며칠을 더 미국에서 보내고 모두 안전히 귀국했다. 내 탓인지, 내 덕인지 모르지만, '수영 100m 완주'가 졸업 요건으로 정해졌다. 나 역시 이후 요건을 충족한 후 졸업할 수 있었다.

두 번째 인생.

기적으로 회생한 나는 두 번째의 인생이라는 축복을 받았다. 경험하지 않은 사람은 알 수 없는 삶의 경계선, 나는 다행히 쓰러지지 않고 버텨냈다. 이전보다 훨씬 진지해졌고 이전보다 많이 성숙해진 나를 발견하곤 했다. 늘 쉽게 여기던 일도 모두 진지하게 생각하게 되었다.

'전엔 몰랐는데 숨을 쉬는 모든 순간이 소중하다.'

'살아 있다는 것이 얼마나 행복한 일인가.'

'살아 있으니 꿈을 꿀 수 있고, 살아 있으니 감동하며 사랑하는 것일 테니.'

티 내지 못한 '모범생'

엔젤계수angel coefficient

자녀의 교육과 보육으로 지출하는 비용이 차지하는 비중을 일컫는다. 나는 그 지수가 꽤 높은 편에 속한다. 부모님은 다른 부분을 줄이고 배움의 기회를 마련하려 노력하셨다. 부모님의 큰 사랑에나는 많은 경험을 하며 살아왔다.

부모님의 교육에 대한 가치관은 고등학교 진학 후에도 변치 않았다.

"네게 하고자 하는 열의만 있다면, 어떤 수를 쓰더라도 지원할 것이다."

"네가 통제할 수 없는 제3의 이유로 꿈을 꺾지 마라."

부모님의 교육 철학이었다.

부모님께서 초등학교 2학년이던 여동생과 함께 중국 광저우로 가시게 된 계기도 그 때문이었다. 내가 민족사관고등학교에 진학해서였다. 학비가 어마어마하게 많이 드는 학교였다. 부모님은 많은학비를 감당할 작정으로, 말도 잘 통하지 않는 중국으로 떠나셨다.

아버지는 전기공학을 전공한 분이었다. 한 전자 회사서만 무려 20년 가까이 전자레인지 연구와 개발을 위해 일해온 터였다. 그런데 자식을 위해 후발주자인 중국계회사로 이직을 결심하신 거다. 아마도 한국보다 더 높은 연봉이 가능하다는 판단이셨을 테니. 결국, 자식을 위함이었다.

'아버지, 엄마….'

아버지의 나이에, 어린 딸까지 데리고 삶의 터전을 바꾸는 일은 엄청난 결정이자 모험이었다. 감히 그 마음을 안다고 할 수 없으리라. 겨우 부모님과 동생에 대한 미안함으로 대신할 뿐.

대학 생활도 고등학교 때와 별반 다르지 않았다. 아버지의 회사는 업계 후발주자였지만, 빠른 성장으로 가전 분야에서 세계적 브랜드로 성장했다. 그 무렵, 한국에서도 아버지 회사의 브랜드를 자주 목격할 수 있었다.

세상은 생각대로만 흘러가지 않았다. 회사 입장에서 고연봉의 외국인 기술자를 계속 직원으로 둘 이유가 사라져버린 거다. 아버지가 바로 그 직원 중 한 사람이었다. 함께 근무하던 한국 기술자들의 입지가 줄자, 1년 단위로 체결해온 근로계약의 연장이 불투명해져 버린 것이다.

"태엽아, 어쩌면 아버지 다시 이직할 수도 있단다."

우려는 현실이 되었다.

"네, 아버지."

결국, 아버지는 다시 이직을 준비해야만 했다. 내내 나와 동생의 학비를 보탰으니 여윳돈이 없었다. 당연히 저축은 힘든 상황이었다. 생각지 않던 경제적 위기가 찾아왔다. 그때 나는 성인이었다. 집의 엔젤계수에서 이제 대학 등록금은 빼야 옳았다. 첫 학기를 마치고, 과외 아르바이트 중이었는데, 이제는 용돈을 번다는 생각은 버려야 했다. 다음 학기 등록금도 문제였고 매 끼니가 문제였으며 통신비와 교통비도 문제였다. 매달 들어가는 지출을 스스로 감당해야만 했다. 채 일 년도 안 된 시간, 많은 일이 변해 있었다.'

대학시절을 돌아본다.

아무래도 바쁘게 생활하다 보니 학과 친구를 많이 사귀지 못했다. 그때 나는 친구들에게 '늘 바쁜 사람', '늘 바쁜 친구'로 통했다. 누가 만나자고 하면 항상 핑계 아닌 핑계를 댈 수밖에 없었다.

"어, 나 바빠."

"아무래도 오늘은 안 될 것 같은데?"

시간을 안 낸 게 아니라 낼 수가 없었다. 누군가가 이유를 묻더라도 편히 답을 하지 못했더랬다. 집안 사정을 티 내고 싶지 않아서였다. 상황이 누군가에게 전해지는 게 싫었다. 또다시 다른 질문을 받는 게 불편했다. 입을 꾹 다물고 살았으니 본의 아니게 '모범생'으로 통했다. 물론 '재미없는 모범생'이었을 거라는 걸 잘 알고 있다.

아마 친구들은 어딘가에 처박혀 공부에 열중하는 줄로 알았을 것이다. 하지만 그때 나는 대치동과 반포동을 돌며 과외 중이었다. 수업이 끝나면 늘 사라져버렸으니 '늘 바쁜 사람', '늘 바쁜 친구'가 될 수밖에.

그 시절을 후회하지 않는다. 고된 나날, 티 내지 않고 견뎠기에 오늘의 내가 존재하고 있다.

긴 호흡이 필요했던 고시 공부

처음으로 행정고시에 응했다. 그때가 2013년, 학부 3학년 때다. 다들 합격이 아닌 참가에 의의를 두고 고사장 경험을 한다. 이를 두고 고시생들은 '올림픽 정신'이라고 부른다. 애를 쓴 덕인지 운이 좋았던 건지 알 수 없지만, 1차 시험에 합격했다. 2차 시험까지 올림픽 정신으로 임했다.

무엇이든 직접 뛰어봐야 알 듯 고시도 마찬가지다. 기존 공부법으로 합격하려면 상당한 호흡이 필요했다. 지경 직렬을 지망했는데 행정법, 행정학, 경제학, 재정학 등 4개 과목이 필수였다. 선택 과목은 통계학을 선택해 공부했다. 늘 문제는 돈이었다. 교과서 비용만도 상당했다. 학원 강의비용까지 계산하면 열 배 이상 들었다. 그래서 방법을 찾아내 실천했다.

'선배들의 30년 전 방식 좇아보기.'

'교과서를 반복해 정독, 개념과 이론을 하나씩 스스로 이해하기.'

뜻대로 되지 않았다. 이 공부법이 현재와 통하지 않음을 첫 시험에 실패하고서야 깨달았다. 수정이 불가피했다.

고시 합격은 학위와는 성질이 달랐다. 석 · 박사 학위 취득은 '나 자신과의 경쟁'이다. 하지만 매년 정해진 인원만 선발하는 고시 합격은 '타인과의 경쟁'이다. 이 점을 간과하고 있었다. 교과서의 반복된 정독 등 기존 방식으로는 불가능했다. 고득점을 위한 실속형 전략이 반드시 필요했다.

'시험에 잘 나올 내용을 중점적으로 다룰 것.'

'논술형 답안을 작성하는 기술을 전수할 것.'

전력 전수를 위해서는 학원 강의를 들어야 했다. 돈이 필요했다. 방법을 모색하다 중 · 고교생 대상 입시 학원으로 향했다. 과외보다 부담이 큰 대신, 많은 돈을 벌 수 있었다. 고시 공부에만 집중하면 좋았을 테지만, 현실이 녹록지 못했다. 당장 일을 그만두면 처음 결심한 '긴 호흡'은 끝없이 길어질 테니 말이다. 결국, 학교 강의를 듣고 공부에 매달리다 대치동으로 달려가 입시학원 강사로 뛰는 강행군이 이어졌다. 몸이 고달파도 상관없었다. 잠을 덜 자도 상관없었다. 합격만 할 수 있다면, 합격의 순간이 찾아올 수만 있다면, 하지만….

진심으로 축하하고 진심으로 질투하다

고시 합격까지 통상 2~3년 정도 소요된다.

내 계획은 서두르지 않지만 절대 게으르지 않는 걸 원칙으로 했다. 우선 고시 학원을 수강할 돈을 모아야 했으니 서두를 상황 역시 아니었다.

'조급할 것 없어. 천천히 하지만 확실히.'

복병을 만난 건 바로 그때였다.

"○○이가 행정고시에 합격했대."

같은 학번 친구들의 합격 소식이 전해진 거다. 곳곳에서 소식이 쏟아졌다. 로스쿨이나 의학전문대학원에 진학했다는 소식도 전해졌다. 주변의 소리가 크게 들려오니 판단이 흔들리기 시작했다. 분명 천천히 긴 호흡으로 가자고 했는데, 꾸준히 하면 언젠가는 합격이라고 생각했는데, 친구들의 합격 소식을 듣는 순간 심란해졌다. 그러다 충격적인 소식을 듣게 되었다. 소식을 듣던 순간 온몸에 소름이 솟아올랐다.

"태엽아 너 그 소식 들었어?"

"무슨 소식?"

"1년 후배 ○○○"

"그 후배가 뭐?"

"역대 최연소 나이로 고시에 합격했대."

"뭐? 그게 정말이야?"

내내 평정을 유지한다고 판단했는데, 후배의 소식은 마음을 복잡하게 흔들었다. 웃는데도 웃는 게 아니라는 말의 의미를 깨달았다.

잘 됐다고 정말 잘 된 거라고 후배를 진심으로 축하했다. 분명 축하할 일이었다. 하지만 솔직히 질투가 나지 않았다면 거짓말이다 그때 나는 진심으로 축하했고 진심으로 질투했다. 나도 내 마음을 알 수 없는 허망함, 그때 내 손에는 아무것도 들려있지 않았다. 무엇을 붙잡아야 흔들리지 않고 서 있을 수 있는지 마냥 헷갈렸다. 공부에만 매달릴 수 없는 내 처지가 답답할 따름이었다. 눈물을 흘리지 않고도 울 수 있다는 사실을 그때 깨달았다.

그렇게 아픈 시간을 보내고 학부 졸업이 다가왔다. 그때, 2015

년이었다.

당시 나의 상황은 한결같았다. '혹시' 하는 기대는 늘 '역시'로 끝났으니까. 이번에는 될지 모른다는 희망이 '결국, 이번에도'로 이내 바뀌었다. 절망의 연속, 나는 살얼음판을 걷고 있었다. 한걸음 걸을 때마다 금이 가며 나를 위태롭게 만들었다.

"불합격, 불합격"

원인을 알면서도 치유하지 못하는 병, 불합격이 이어졌다. 경제적 상황이 늘 발목을 잡고 있었다. 주변인들은 모두 성공 가도를 달리는데 혼자만 뒤처지고 있는 것 같았다. 그중 가장 힘들었던 건, 먼저 합격한 친구들을 질투하는 내 모습이었다. 태어나 나 자신을 그토록 미워해본 적이 있던가. 표를 내지 않으려고 했지만 쉽지 않았다.

'태엽이, 너 요즘 표정이 왜 그래?'

왜 그런지 빤히 알면서도 묻는 게 싫었다. 거울 속 내 표정은 '고시오패스' 같아 보였다. 당시 고시생과 사이코 패스를 결합해 그렇게 불렀다. 그때, 나는 지독히 예민해져 있었다. 그쯤이면 포기가 더 쉬웠을지도 모른다. 하지만 포기는 없었다. 그쯤으로 포기한다면 두 번째 삶을 얻은 보람도 사라진다고 여겼다.

'다시, 그래, 다시 해보자.'

어쩌면 오기로 일어섰는지도 모른다. 다시 인고의 시간을 견뎌내리라 작정한다. 그렇게 인고의 시간이 흐른다. 피와 땀으로 견뎌낸 시간, 나는 어찌 되었을까?

그날의 기억

인고의 시간은 험난하기만 했다. 2012년, 처음 행정고시를 마음먹은 때다.

생각보다 오래 걸린 경주, 달리고 또 달려도 늘 같은 자리로 돌아올 수밖에 없던 아픔의 시간들, 나는 포기가 아닌 '그래도 다시 한 번'을 택했다. 그리고 드디어 받게 된 행정고시의 합격!

"합격, 김태엽."

"아버지, 어머니, 저 합격했습니다."

그 말이 그리도 어려웠다. 그 말을 너무도 하고 싶어 견딜 수가 없었다. 내가 합격했다고 방방곡곡 소문나기를 기다리고 또 기다렸다. 하지만 소망은 쉽게 이뤄지지 않았다. 산을 넘으면 또 하나의 산이 버티고 서 있었다. 이 산을 넘지 않으면 네가 소망하는 것을 절대 이룰 수 없다고 소리쳐댔다. 그러니 어서 돌아가라고 밀어내며 무시했다. 하지만 나는 돌아서지 않았다. 다시 한 발 한 발 산으로 올랐다. 찬바람이 불어도 아직 입김을 불 힘이 남아 있다고 스스로를 위안했다. 눈발이 날려도 아직 걸을 힘이 남았다고 용기 냈다. 친구를 부러워하던 내가, 후배를 질투하던 내가, 곧 누군가에게 질투의 대상이 될 거라며 걷고 또 걸었다. 그리고 드디어 정상에 도착했다.

희한했다. 나를 거칠게 몰아내던 비바람도 어디로 도망간 건지 보이지 않았다. 내가 병원에서 깨어났을 때처럼 따듯한 햇살만이 비추고 있을 뿐이었다. 인내는 대가라는 위대한 선물을 품에 안겼다.

'김태엽, 네가 해낸 거야.'

2017년, 그간의 모든 인내가 보상되었다. 합격까지 총 5년, 만만한 기간이 아니다. 포기하지 않은 내가 자랑스럽고 대견했다. 자신감이 커지는 순간이었다. 내내 여건이 허락지 않았던 생활, 한참 뒤처진다고 힘들어했지만, 공부 방식을 바꾼 게 2016년이니 결코 뒤진 게 아니었다. 가족은 늘 큰 힘이었다.

"넌 잘할 수 있어."

부모님처럼 든든한 에너지가 또 있을까? 힘들 때마다 가족의 얼굴을 떠올리곤 했다. 미국 병원에서 깨어났을 때, 스무 시간을 날아온 아버지, 나는 그때의 표정을 잊어본 적이 없다. 부모님에게 어떻게 해서라도 성공한 모습을 보여주고 싶었다. 아들 소식에 식음을 전폐한 어머니를 돌봤던 어린 동생, 자라오며 내내 오빠를 응원한 마음을 알고 있다. 그리고 당시 여자 친구의 응원은 어마어마한 힘이었다. 지금은 내 아내가 되어 옆을 지켜주고 있다.

'그때는 고마웠고 지금은 사랑한다.'

'지금은 사랑하며 앞으로는 더 사랑할 것이다.'

한 걸음 더

이제야 제대로 걷는 기분이다.

2017년 7월 드디어 제33회 입법고시에 합격, 이후 2주 뒤, 국회

사무처에 임용되었다. 뒤이어 11월에는 제61회 행정고시에 합격, 오랜 수험 생활의 종지부를 찍었다. 그리고 하나도 없던 내게 두 개의 열쇠가 주어졌다. 인생은 알 수 없는 게임이었다.

'포기했더라면 하나도 갖지 못했으리라.'

'겹겹이 쌓아온 인내가 오늘 나를 지탱한다.'

양손에 떡을 쥐고 하나를 택해야 하는 고민에 빠졌다. 그러다 여러 분야에 걸쳐 법률과 예 · 결산을 다루는 입법조사관을 선택했다. 직무의 큰 매력에, 국회에 남기로 한 거다.

입법조사관은 어떤 조직에서 일하는가에 따라 성격이 달라진다. 위원회에 속한 입법조사관은 발의된 법률안이나 예산안, 결산 등을 검토한다.

국회의원들이 이를 논의할 때 고려 사항을 담은 '검토보고서'를 작성하고 배부하는 일을 주로 한다. 내 근무처는 국회입법조사처다.

이곳에서는 국회의원과 보좌직원이 입법 또는 정책과 관련해 질의에 대해 연구 · 조사하고 답한다. 특히, 관심이 큰 주제는 보고서를 작성하고 발간한다. 직접 정책을 입안하고 집행하는 행정부공무원과는 다르지만, 300명 국회의원의 의정 활동을 중립적으로 유지토록 지원한다. 간접적으로 국민의 삶에 기여하는 셈이다.

그새 한걸음 더 나아왔다. 뒤돌아보면 이 험한 길을 어떻게 걸어온 건지 까마득하기만 하다. 오늘도 웃으며 일터로 향한다. 나만을 위하던 삶에서 이제 가족을 넘어 국민의 삶에 기여한다는 자부심이 생겼다.

오늘 또 한 걸음 내딛는다.

기적의 선물

우렁찬 울음소리가 들려온다. 아빠는 어디 있는 거냐고 소리치는가 보다. 울음소리에도 슬프지 않으니 신기할 따름이다.

얼마 전 딸아이가 태어났다.

아내가 수술실에 들어가고, 담당의가 10분 뒤 따라 들어가고, 10분 뒤에 아이의 우렁찬 울음소리가 문밖으로 전해진다. 맙소사. 내 아이의 처음 소리라니.

내 아이의 첫 호흡이 시작되고 있다. 나는 살아 있다고 아이가 외친다. 나를 돌아보라고, 내가 당신의 딸이라고 벌써 야단법석이다. 심장이 빠르게 뛰고 눈물이 펑펑 쏟아진다. 아, 내가 태어났을 때 부모님도 그러하셨을 테지. 아, 병원에 있을 때 나를 보고 놀라셨을 아버지의 그 마음, 멍청하게도 아직 겨우 짐작뿐이다. 그런데도 눈물이 흐른다.

자식을 보게 된 감정과 몰랐던 부모의 감정을 깨닫자 거대한 감동이 몰려온다. 뜨거운 눈물이 다시 볼을 빌린다. 부모의 눈물이 이토록 위대한 거였다니, 세상 모든 게 아름다워 보인다. 내가 아빠가 되었다니!

학교에 다닐 땐 좋은 성적이 최고의 목표였다. 어떤 직업을 가져야 할지가 최고의 고민이었다. 그 고민을 해결하기 위해 모든 에너지를 쏟았다. 그런데 희한하게도 아빠가 되고 보니 세상이 달라 보인다. 목표도 목적도 모두 아내와 아이에게로부터 시작된다.

"우리 딸, 절대 아프면 안 돼~"

이제 가장 처음 소원은 아내와 아이의 건강과 행복이다. 세상의 그 무엇과도 바꿀 수 없는 보물, 가족은 알 수 없는 신비다!

아직 아이의 이름이 없다. 처음 아이가 생기고 늘 복똥이라고 불렀다. 이름을 쉬이 정하지 못한 건 너무 애틋해서일 것이다. 평생 불리게 될 딸아이의 이름, 내가 세상을 떠나는 날까지 딸아이의 이름을 몇 번이나 부르게 될까.

나의 '작은 우주'에게

아직 못 알아들을 테지만, 아니 분명 알아듣고 있을 거다. 아이에게 속삭거린다. 엄마와 잘 상의해서 예쁜 이름을 지어줄게. 아빠는 복똥이가 늘 웃을 수 있으면 좋겠어. 늘 웃게 해줄 친구 같은 아빠가 되도록 할게. 복똥이랑 서른 살 차이 나는 아빠란다. 노력 많이 해서 세대 차이를 이겨낼게. 화기애애한 부녀가 되어 볼게. 아빠는 다른 데 욕심이 없어. 오직 복똥이의 건강과 행복을 바랄 뿐이야.

우리 많은 시간을 같이 보내자. 여행도 많이 다니고 활동도 많이 하자. 복똥이의 할아버지, 할머니도 아빠가 어릴 적 참 많은 걸 보여주셨어. 아빠도 그 모습 본받아 노력할게.

오늘 오후 신생아실 막내로 들어간 복똥아. 이곳에서 너를 비롯해 서너 명이 태어났단다. 5월에 태어난 신생아실 동기들이 수십 명이야. 커서 친구들도 많이 사귀렴. 너는 아빠에게 '작은 우주'가 되었어. 너무도 소중한 아빠의 우주. 아빠는 당연히 '특별한 사랑'을 쏟을 테지만, 복똥이는 그 사랑 그대로 세상에 전했으면 해. 더 넓게 보고 더 깊게 사랑하는 사람 말이야. 우리 복똥이가 여러 사람에게 기억될 수 있기를 바란단다. 사랑받는 이만이 사랑할 수 있기에, 아빠는 우리 복똥이가 아빠의 사랑을 잘 느끼게끔 열심히 노력할게. 건강하게 무럭무럭 자라기를 기도한단다. 아빠가 많이 사랑해.

오랜만에 펜을 꺼낸다. 그간 아이는 많이 자랐다. 손이 떨리고 금세 눈물이 솟는다.

이상도 하지, 아이의 얼굴만 봐도 모를 감정이 솟아오른다. 쉬운 것 같은데 답이 참 어렵다. 글로는 표현이 힘든, 말로는 설명하기 힘든, 고난위의 숙제다. 아, 나의 사명, 나의 사랑, 나의 아이다!

'아이는, 부모에게 존재를 넘어 사명이 된다.'

고사리 같은 손을 잡아본다.

'깨질세라, 부서질세라.'

바보처럼 그 단순한 의미를 이제야 깨닫고 펑펑 운다.

작은 주먹으로 나의 손가락을 겨우 움켜쥔다. 아빠를 사랑한다고 벌써 표를 낸다. 또 울컥, 이래서 딸 바보가 되나 보다. 괜찮다. 이런 바보라면 천 번 되어도 상관없다. 평생 바보로 살리라 작정한다.

'복뚱아. 너 그거 알아? 네가 태어난 날부터 하루도 행복하지 않은 날이 없었다는 거.'

아이의 손을 다시 쳐다본다. 방긋, 어느새 웃고 있다. 나는 또 바보처럼 눈물을 닦으며 웃는다. 언제 이리 철면피가 된 걸까. 울며 웃다니. 웃다가 또 울고 있다니, 아이가 만들어낸 기적이다.

'맙소사! 이제야 깨달았다! 내가 평생 기적 속에서 살게 되었다는 사실을….'

뭘까,
절벽보다 더 위태로운
이 고통은

은행 세무팀

박지연

스물아홉 살, 20대의 끝자락에 서 있다. 꿈과 희망으로 가득 찬 장밋빛 청춘을 추억하고 싶지만, 시간의 달력을 넘겨보니 잿빛 먹구름이 둥둥 떠다니고 있다. 나의 20대는 실패와 포기의 연속이었다. 두 번의 사표를 냈고, 대학원 진학 후 자퇴도 해보았다. 공인회계사 시험 준비를 하다가 절망하며 포기한 적도 있다.

'나는 실패자가 아닐까.'

'조금만 힘들면 포기하는 인내심 없는 사람이 아닐까.'

'주위를 둘러보면 다들 순탄하게 살아가는데, 왜 나만 이러지.'

'내 성격에 문제가 있는 건 아닐까.'

이런 생각이 들면서 자책하기도 했다. 10대 때는 꽤 잘 나갔던 것 같은데, 왜 20대부턴 갈팡질팡하며 앞으로 나아가지 못하고 자꾸 포기하는 걸까. 이런 내가 싫고 답답해서, 이런 상황이 괴로워서 잠 못 이룬 밤도 많았다.

서른 살을 코앞에 두고 있는 지금도 별로 달라진 건 없다. 또 다른 시험을 준비하며 3년 넘게 회사 생활과 공부를 병행 중이다. 이 나이 즈음엔 확고한 뭔가가 심장의 중심에 떡 버티고 있게 될 줄 알았는데, 나는 여전히 아무것도 장담할 수 없다. 이번에 선택한 오르막길을 정복할지 혹은 포기하고 내려가서 다른 길을 다시 선택할지, 아니면 오르막길을 오르던 중에 또 다른 길을 발견하고 우회하게 될지…. 어쩌면 이삼 년 그 이상의 시간을 쏟아붓고 났는데 막상 별다른 성과 없이 이 모든 고행이 지나가버릴 수도 있다. 다시 실패자가 될 확률도 꽤 된다.

그런데, 스물아홉 살의 나는 즐겁고 행복하다. 어느 날 문득 깨달았다. 실패로 보이는 좌절은 새로운 도전의 시작이라는 걸. 거꾸로 생각해보면 나라는 사람은 매우 진취적이며 도전적인 삶을 살아왔다는 것을 말이다. 포기는 결코 실패가 아니었다. 스스로 판단하고 선택한 길에서 부끄럽지 않게 노력했을 때, 가시적인 결과물은 없었을지언정 내가 해온 모든 도전에서 값진 결과를 얻지 못한 적은 없었다.

두 손 찢어지도록 절벽을 오르다

그리 긴 인생을 살진 않았지만, 인생이란 끝없는 여정 같다는 생각이 든다. 목적지를 모르는 여행이며, 정상이 보이지 않는 등산이자 그 시작과 끝을 내가 정할 수 없는 순례길 같다. 오르막과 내리막을 반복하고, 종종 평지를 걷기도 하지만 끝끝내 절벽을 기어올라야 하는 험난한 산길이기도 하다.

내 인생 여정을 돌아보니, 태어난 이래 성인이 될 때까지 꽤 가파르고 굴곡 많은 산길을 걸어온 것 같다. 경제적 어려움은 늘 무거운 짐이었다. 노력 여부와 관계없이 언제나 작은 내 어깨를 누르고 있었다.

고난의 정점은 초등학교 6학년 때였다. 뜨거운 태양이 내리쬐던 여름날의 오후, 그때 걸려온 한 통의 전화는 지금도 잊을 수가 없다.

"아버지 바꿔라."

대부업체 전화였다. 수화기 너머 들려오는 목소리에 온몸이 떨렸다. 순간 아무 소리도 들리지 않았다. 어떻게 전화를 끊었는지조차 기억나지 않는다. 나는 한동안 실어증에 걸린 사람처럼 아무 말도 할 수 없었다. 난생처음 느낀 공포였다.

그날을 기점으로 어느 정도 가파르던 오르막길이 순식간에 절벽으로 변했다. 오빠와 둘이 어두운 방에 웅크린 채 문밖으로 느껴지는 인기척에 숨죽였고, 매일 요란하게 울리는 전화벨 소리에 심장이 두근두근 뛰었다. 두려움을 조금이나마 잊기 위해 나는 가파른 절벽을 올라야만 했다. 어떻게 올라야 하는지, 왜 올라가야 하는지, 이 절벽 끝에 희망이 있는지 없는지 알 수 없었지만 두 손이 찢어지도록 오르고 또 올랐다. 사실 오른다기보다 떨어지지 않기 위해, 그저 살기 위해 버텼던 건지도 모르겠다.

당시 어려운 가정환경에서 나를 지탱해준 건 공부였다. 아무것도 스스로 극복할 수 없는 현실에서 유일하게 10대 청소년이 할 수 있는 것, 그리고 노력한 만큼 성과가 나타나는 것은 공부뿐이었다. 모순적이게도 가정형편이 어려워질수록 성적은 높아져 갔다. 그렇다고 기쁜 마음으로 공부를 했던 건 아니다. 그냥 이것밖에는 할 수 있는 게 없었기에. 좋은 성적을 보고도 크게 기뻤던 적이 없었다. 성적과 등수를 나누는 이 숫자가 뭐가 그리 중요한지도 알 수 없었다.

훗날 과거의 나를 되돌아보았을 때 공부라도 할 걸 하는 후회를 하지 않기 위해 최선을 다했다. 지금 당장은 막막하고 꿈도 없지만, 나중에 어떤 꿈이 생겼을 때 후회하고 싶지 않았다. 지금 유일하게 할 수 있는 것은 공부뿐이니, 그것만이라도 열심히 하자는 생각으로 버텼다. 지금 와서 생각해보면, 그때 공부에 집중한 덕분에 그나마 절벽에서 떨어지지 않고 버틸 수 있었던 것 같다.

누구보다 열심히 공부했지만 꿈과 목표가 없었던 탓일까. 구체적인 미래를 설계할 여유 없이 눈앞의 현실에만 급급했던 열아홉 살의 나는 취업이라는 길을 선택하게 되었다. 스스로 돈을 벌면 경제적 어려움이라는 절벽도 어느 정도 완만해지겠지 싶었다. 하지만 큰 착각이었다. 어떠한 각오도 목표도 없이 시작한 사회생활은 생각보다 훨씬 가파르고 험난한 길이었다.

"아버지 바꿔라!!!"

감동도 재미도 없는 완만한 길 위에서

대한민국에서 누구나 알아준다는 대기업에 취직하자 다들 부러워했다. 두둑한 월급을 받으니 가난에 짓눌려온 내 어깨도 모처럼 으쓱해졌다. 하지만 세상은 호락호락하지 않았다. 통장에 돈은 쌓여가는데, 정작 돈을 쓸 시간이 없다니…. 아침 7시에 출근해 밤늦게 퇴근했다. 가장 빠른 퇴근이 7시 30분이었는데, 그런 날은 일 년 중 손에 꼽을 정도였다. 퇴근할 때 즈음 되면 나를 위한 사치는커녕 쉬고 싶은 마음만 굴뚝같았다.

그렇게 6개월쯤 흘렀을까. 한평생 이런 일을 하며 살아야 할지 모른다는 두려움이 먹구름처럼 밀려오기 시작했다.

'아니야, 이렇게 살다 죽을 순 없어.'

나는 서둘러 짐을 싸서 도망치듯 뛰쳐나왔다. 돌이켜보면 어린 시절 겪었던 절벽 트라우마가 작동하지 않았나 싶다. 아무 준비 없이 시작한 첫 번째 직장 생활이 예상과 달리 오르막길이었을 때, 나는 더 많이 긴장하고 두려웠던 것 같다.

두 번째 선택한 회사는 시간 여유가 있는 중소기업이었다. 대기업보다는 확실히 완만한 길이었다. 그런데 또 먹구름이 몰려오기 시작했다. 재미도 목적도 없이 그저 완만한 길을 걷는 건 가파른 절벽을 오르는 일보다 더 고통스러웠다. 업무는 어렵지 않았지만, 마음이 늘 딴 곳에 가 있었기에 제대로 인정받지 못했다. 도대체 내가 왜 여기에 있는지, 스스로 이해하지 못했다.

'이렇게 감동도 재미도 없는 인생을 계속 살아야 한다고?'

숨이 턱 막혔다. 자괴감과 두려움이 소용돌이쳤다. 흔히 직장 생활에선 업무가 정말 힘들거나, 인간관계의 어려움 때문에 고뇌에 빠지곤 하는데, 나는 암담한 미래에서 예민하게 두려움을 느꼈다.

다른 친구들은 대체로 자신의 길을 잘 선택하고 잘 적응하며 자신만의 삶을 만들어나가는 것 같은데, 왜 나는 견뎌내지 못하는지 당시에는 이해할 수 없었다. 나름 학창 시절에는 주어진 일을 꽤 잘하던 우수한 학생이었는데, 20대가 되면서부터는 포기와 실패를 반복하면서 자신감을 잃어갔다. 말도 없어지고 겁도 많아졌다. 실은 포기도 실패도 아닌 새로운 세상으로 나아가기 위해 알을 깨는 중이었음에도, 그때는 스스로 선택한 길을 결국 포기하고 되돌아간다는 생각에 한없이 비참했다.

그 비참함을 두어 번 겪고 난 뒤에야 비로소 내가 진정 원하는 것이 무엇인지 깨닫게 되었다. 그저 돈을 좇으며 선택한 길, 혹은 남들이 좋다고 말하는 길을 고른다면 그 길이 아무리 완만하고 평화로운 길이라도 나는 결코 행복해질 수 없는 종류의 사람이었다.

이러한 정체성을 알고 나니 회사는 마음속에서 더 멀어졌다. 입사 후 5개월쯤 지났을까. 그날도 불 꺼진 사무실에서 점심도 먹지 않은 채 컴퓨터 앞에 앉아 있었다. 앞으로 나는 미래의 방향을 바꿀 수 없으며, 새로운 기회가 오지 않을지 모른다는 불안감에 깊이 빠져 있었다.

마침 대학교 원서 접수 시기였다. 포털사이트 인기 검색어에 다양한 대학교 이름이 올라왔다. 무심결에 대학 이름을 하나 클릭했고, 입학 전형을 자세히 들여다봤다. 순간 깜짝 놀랐다.

'대학 진학을 통해 완전히 새로운 길로 나아갈 수 있다는 걸 왜 그동안 몰랐을까.'

난생처음으로 가슴이 콩닥콩닥 뛰었다. 다시 시작할 수 있다는 기쁨과 희망이 가슴속에서 꿈틀댔다.

즐거운 마음으로 올랐던 최초의 고행길

설레는 마음으로 서점에 들러 수능 수험서를 사면서 난생처음 행복을 느꼈다.

'그래, 바로 이거야. 드디어 운명의 기회가 찾아온 거야.'

문제집을 펼쳐보면서 문제를 풀다 보니 뜬눈으로 밤을 지새우게 됐다. 그렇게 며칠을 보내고 나니 체력이 바닥났다. 그렇다고 직장을 그만둘 형편은 안 되었기에 직장 생활과 수능 준비를 병행하는 강행군이 이어졌다.

아침 6시에 출근을 해야 했고, 퇴근하고 돌아오면 오후 6시가 훌쩍 넘기 일쑤였다. 공부를 시작하면 금세 밤 11시가 되었다. 그래도 정말 즐거웠다. 남들은 다 재미없다고 말하는 고전시가 과목이 가장 흥미로웠고, 수학 문제를 풀 때는 성취감으로 짜릿했다. 회사에서는 점심시간에 짬짬이 공부를 했고, 퇴근 후에는 학원 강의를 들었다. 휴대전화로 영어 단어를 사진으로 찍어서 틈날 때마다 외웠다. 남들보다 늦었다는 생각에 조급하기도 했고, 성적이 잘 오르지 않아 걱정도 적잖았지만 '행복한 고행'처럼 느껴졌다. 좋은 결과를 얻을 거라는 확신은 없는데 이상하게 마음이 편안하고 활력이 샘솟았다.

물론 모든 순간이 즐겁기만 한 것은 아니었다. 맹세코 공부를 시작한 것을 단 한 번도 후회한 적은 없었지만, 고비는 꽤 자주 있었다.

최초의 고난은 공부를 시작한 후 4개월 만에 일어났다. 어머니가 허리 디스크 파열로 급히 병원에 입원해 수술을 받게 된 거다. 가파른 오르막길에 별안간 바위가 뚝 떨어진 상황에서 나는 무척 암담했다. 하지만 이내 용기를 냈다.

'괜찮아. 잘할 수 있을 거야. 이 바위를 뛰어넘어봐야지.'

어머니가 2주 정도 병원에 입원해 있는 동안은 정말 바빴다. 퇴근 후 집으로 가서 공부할 강의와 책을 준비해 병원으로 돌아와 어머니 옆 빈 병상에서 공부하다가 잠들었다. 매일 새벽 고통에 몸부림치는 어머니를 대신해 간호사에게 달려가 진통제를 요구하고, 오전 6시 출근 준비를 마치고 병원을 나섰다. 되돌아보면 어떻게 견뎌냈는지 신기하기만 하다. 내가 선택한 길이니까, 사랑하는 엄마니까, 그래도 배워가는 것은 즐거우니까, 그런 마음으로 해낼 수 있었던 것 같다.

직장 생활이라는 오르막길과 수능 준비라는 오르막길은 차원이 달랐다. 직장 생활을 할 때도 스트레스와 과로로 응급실에 몇 차례 실려 갔었고, 공부할 때도 이유 없는 복통 등으로 구급차를 종종 타곤 했다. 곰곰이 생각하면 두 갈래의 길 모두 가팔랐고 곳곳에 낭패스러운 함정도 있어 무척 힘들었지만, 스스로 선택하고 오르겠다고 마음먹은 길 위에서는 어떤 고난도 행복하게 버틸 수 있었다. 길지 않은 인생에서, 다양한 종류의 오르막길을 누구보다 많이 만났다고 자부하는 인생 경력에서, 직장 생활과 수능 준비를 같이하며 걸어야 했던 고난도의 오르막길은 난생처음 즐거운 마음으로 올랐던 고행길이었다. 그때 비로소 깨달았다. 어려운 길이든 쉬운 길이든 스스로 마음을 정한 길이야말로 행복한 길이라는 것을.

20대 초반에 죽도록 고생한 탓에 현재까지도 건강이 좋지는 않지만, 그래도 회사를 그만두고 대학 진학을 결정한 일에 대해서는 후회해본 적이 없다. 지금도 종종 몸이 아프곤 하지만, 열심히 살아온 명예로운 훈장쯤으로 여기며 감사하고 있다.

내리막길에서 만난 내 인생 최초의 밧줄

대학 생활은 최초의 내리막길이었다. 모처럼 주변 경치도 감상하고 한숨 돌리며 앞으로 나아가는 시간이었다. 내리막길이라고 무조건 편하진 않았다. 대학 4년 동안 불확실한 미래에 대해 수없이 고민해야만 했다. 두 번이나 포기한 직장 생활을 다시 시작할 수 있을지 두려웠고, 그렇다면 어떤 길을 선택해야 할지 또다시 고민을 하기 시작되었다. 내가 정한 목적지로 향하기 위해서는 두 다리에 힘을 바짝 줘야 한다는 걸 깨닫고 나니 더럭 겁이 났다. 한순간 방심하면 굴러떨어질 수 있다는 공포감에 온몸을 떨기도 했다.

그때 한 기업의 장학회를 만났다. 우연한 기회로 장학생이 된 뒤로 나에게는 놀랍도록 좋은 일들이 연속적으로 일어났다. 경제적 어려움이라는 가파른 길을 만날 때면 장학회에서 든든하게 앞으로 나아갈 수 있도록 당겨주었고, 어려운 일이 생겨 발걸음이 늦어지면 장학회 선배들이 뒤에서 힘껏 밀어주었다. 그렇게 장학회는 내가 순조롭게 언덕을 오르도록 도와주었다. 불안이라는 내리막길에서 휘청거릴 때 쓰러지지 않도록 옆에서 지지해주는 다양한 사람들도 만날 수 있었다.

대학원 진학 후 자퇴를 했을 때, 고시 공부를 포기하고 다시 처음부터 시작하려 했을 때 나보다 더 많이 안타까워한 장학회 사무국장님이 회장님과의 면담을 추진해주셨다. 장학회 회장이자 한 기업의 수장이신 분의 시간이란 정말 값진 것일 텐데, 이유를 묻지도 따지지도 않고 흔쾌히 찾아오라고 이야기해주셨을 때 말로 할 수 없는 벅찬 감동이 밀려왔다.

회장님은 앞으로 기회가 많다고, 지금까지 포기해왔던 것들이 앞날을 위한 밑거름이 될 거라며 용기를 북돋아주셨다. 일반 회사에서도 재무 회계를 살려 일할 기회가 많을 거라고도 하셨다. 당시엔 과연 내가 회사에 잘 적응할 수 있을까, 그런 직무에서 잘 일할 수 있을까, 이해하지 못했다. 그런데 지금, 나는 정말 회장님의 말씀대로 좋은 회사에서 꿈에 그리던 일을 하고 있다.

장학회는 나에게 단순히 돈을 주는 곳이 아니었다. 미래의 고민, 과거의 어려움을 이해해주는 곳이자 무엇이든 시작하고 포기하는 것에 대해 두려움을 가질 필요가 없다는 것을 알려주는 피난처였다. 힘든 오르막길의 쉼터와도 같았고, 아무리 힘든 일이 있어도 절대 절벽 아래로 떨어지지 않을 거라는 확신을 준 내 인생 최초의 밧줄이기도 했다.

너울 속에서 허우적댔던 20대를 보내며

스스로 어떤 길을 선택할 때마다 주변에서 다양한 공격이 시작되곤 했다. 가족부터 친구, 동료, 지인 등 많은 이들이 한마디씩 보탰다.

"돈도 안 되는 그런 일을 왜 하냐?"

"공무원이나 해라."

"그거 하면 뭐 먹고 사냐?"

"그 일 너랑 안 맞아."

무지와 무례 사이를 오가는 말들을 서슴없이 내뱉었다. 어느새 용기와 자신감은 사라지고 마음 여기저기 생채기가 생겼다. 어떤 이의 말은 비수가 되어 가슴에 꽂힐 때도 있었다. 사람들이 밉고 원망스러웠다. 아니, 이런 공격을 쿨하게 넘기지 못하는 나 자신에게 더 화가 났는지도 모른다. 혼자 캄캄한 방안에 우두커니 앉아 눈물 흘린 나날이 얼마나 많았던가.

스물아홉 살, 20대의 끝자락에 서서 지난날을 돌아본다. 너울 속에서 허우적대며 울고 있는 내가 보인다.

'많이 힘들었겠구나.'

'그래도 대견해. 잘 버텨줘서 이만큼 왔어.'

지난 시간의 나를 꼭 안아 토닥토닥 위로를 건넨다.

어떤 이는 '천 번을 흔들려야 어른이 된다'고 했는데, 정말 인생에는 큰 파도가 끊임없이 몰아치는 것 같다. 아무리 균형감각이 좋아도 가만히 바다 위에 떠 있기란 불가능하다. 예상치 못한 큰 파도에 흔들리고 휩쓸리다 정신을 잃고 헤매는 게 모든 청춘의 통과의례일지 모른다.

아주 어릴 때부터 너울 속에서 열심히 흔들린 덕분일까. 마음의 근육이 제법 생긴 듯하다. 이제 누군가가 "돈도 안 되는 그런 일을 왜 하냐, 그거 하면 뭐 먹고 사냐?" 하고 물으면 "알아서 잘 먹고 잘 살게요" 하면서 웃으며 대답할 수 있는 단단한 사람이 되었다. 타인의 무지와 무례에 휘둘려 사랑하는 나를 아프게 하고 싶진 않다. 살아 있는 한 나는 나를 위로하며 나를 끝까지 지켜내고 싶다.

나는 오늘도 마음속으로 크게 외친다. 누가 뭐라고 하던 나는 이 오르막길을 스스로 오를 것이고, 그 누구도 나의 길에 대해 간섭할 수 없으며, 이 오르막길로 나는 또다시 성장할 거라고. 나는 나를 믿는다. 믿음은 가장 힘이 센 아군임을 알기에, 그 믿음으로 흔들리는 나를 붙잡고 서른을 맞이하리라 다짐한다.

삶은 춤추는 것과 같다

성균관대학교 행정조교
이민경

가난했던 시간

많이 어려웠던 시절, 나는 좁은 반지하에서 살았는데 환기가 잘 안 되어서 머리가 아팠다.

하루는 창문을 열었는데 고양이가 나를 내려다보고 있었다. 고양이의 목소리가 들려오는 것만 같았다.

'너는 나보다 저지대에 사는구나.'

'뭐야. 고양이가 나를 아래로 보는 거야?'

나는 조지 오웰이 쓴 자전소설《파리와 런던의 밑바닥 생활》이라는 책을 발견했다. 책의 내용이 내 생활과 겹쳐 그런지 재미있게 읽기 시작했다.

조지 오웰은 하루에 3프랑으로 사는 것이 가장 밑바닥이라고 표현했다. 나 역시 계산해보니 한 달에 생활비로 10만 원을 쓴 적도 있었다.

책에서 정말 좋았던 내용 중 하나는 "돈이 사람들을 노동에서 해방시키듯이 가난은 이들을 일반적인 행동 규범에서 해방시킨다"였다. 가난에는 확실히 일반적인 행동 규범과 그렇지 않은 행동 규범 사이의 경계를 흐리게 만드는 면이 있다. 밖에서 꼬질꼬질하게 하고 돌아다닐 수 있는 것도 집과 밖의 경계가 이상하고 모호하게 무너져 가능한 일이었다.

조지 오웰은 또 "가난이 미래를 전멸시켜서 일종의 안도감을 준다"고 했다. 그런지는 잘 모르겠지만, 나에게 가난은 일종의 정체 작용이었던 것 같기는 하다. 이십대 초반에 과외를 많이 했다. 그리고 과외를 하면서, 내 꿈을 향해 준비하는 데 시간을 집중하여 쓰는 것이 많이 미뤄졌다는 생각을 자꾸 했다.

고통스러운 상황 속에서 명상을 배우다

경제적으로 어려운 상황이 지나고 나자, 점차 마음이 힘들고 어려울 만한 일이 많이 생겨났다. 경제적으로 힘든 상황과 마음이 힘든 상황이 연이어서 오다 보니까 더 힘들었던 것 같다.

주변에는 나를 존중해주는 사람들보다는 나에게 안 좋은 영향을 주는 사람들이 많았다. 나는 굉장히 힘들어하면서도 그 관계들을 잘 끊지 못했다. 그리고 나는 나를 함부로 대하는 관계 속에서 자존감이 바닥인 채로 끌려다녔다.

그런데 친한 친구들은 곁에서 그런 나를 지켜보면서 천사처럼 다가와 계속 손짓하며 끊임없이 나를 다른 방향으로 이끌어주었다.

'너를 함부로 대하는 사람들로부터 너 자신을 지켜줬으면 좋겠어.'

친구들이 내게 전하고 싶어 했던 말이었다.

내가 헤매면 헤맬수록, 친구들은 내 귓가에 더 크게 확성기를 틀기 시작했다.

"너는 너 자신을 더 사랑해야 해."

강력한 사랑의 메시지에는 힘이 있는 법이다. 친구들의 하모니와 같은 외침에 나는 이끌렸다.

'뭔가를 알려주려고 하는 것 같은데 왜 모르겠지?'

그렇게 친구들의 말에 나는 천천히 눈을 뜨기 시작했다. 저들이 저렇게 내게 간절하게 말하는 이유는 나를 정말 사랑하기 때문이다. 그러니까 그 마음을 알아주지 않는다면 그들은 너무 가슴 아플지도 모른다!

'이 관계를 멈추어야 한다.'

그렇게 나는 내가 맺고 있던 해로운 영향을 받는 관계로부터 멀어지기로 선택했다. 그리고 혼자서 그동안 있었던 일에 대해 생각을 해보게 되었다. 그러자 지금까지 느끼기를 미루고 있었던 고통이 한꺼번에 엄습했다. 그 관계에서 그동안 힘들었던 감정들이 후폭풍처럼 밀려오기 시작했다. 하루 사이에 내 마음속은 분노로 가득 찼다.

'이렇게 괴로움을 느끼면서도 그동안 나는 왜 그 관계를 선택했던 걸까?'

뒤늦은 고통을 강하게 겪고 있어서, 그 고통에서 벗어나기가 몹시 힘이 들었다. 어떻게 하면 이 고통에서 벗어날 수 있을까 고민했다.

그러다가 나는 해답을 전혀 예상하지 못한 곳에서 찾았다. 그것은 바로《네 가지 질문》이라는 책을 바탕으로 한 명상이었다. 나는 내가 어떤 생각에 사로잡혀있다는 것을 알아차리게 되었다.

'저 사람은 나를 사랑해야 해.'

나는 상대방이 나를 사랑해야 한다고 강력하게 믿고 있었다. 나는 관점을 전환하기 시작했다. 다른 사람이 내게 뭐라도 해줄 거라 기대하기를 멈추었다. 그리고 내가 받기로 원했던 사랑을 스스로에게 주기 시작했다. 그러자 비로소, 나는 그 관계로부터 자유로워졌다. 내가 정말로 찾고 있던 것은 다른 사람이 아니었다. 사랑 그 자체였다. 그러자 내게 해로운 영향을 주던 관계를 멀리할 수 있는 힘이 생겼다. 그리고 나에게 너무 많은 것을 투사하는 사람과의 관계에서 떠날 수 있게 되었다.

어려운 시기에는 안 좋은 영향을 받는 관계를 끊어내고 자기 자신을 보호하는 것이 확실히 필요한 것 같다고 생각하게 되었다. 그래서 사람을 만나기보다는 스스로를 되돌아보는 데 시간을 많이 썼다. 명상을 통해 나 스스로 균형 잡힌 사고를 하기 위해 많이 노력했다.

나는 세상과 안정적으로 관계를 맺고 싶었다. 이대로 무너지지 않고 내 삶을 온전히 직면하고 싶었다. 그래서 안 좋은 영향을 받는 관계를 많이 맺고 있었던 이러한 위기를 오히려 내가 지혜를 배울 수 있는 기회로 활용하려고 노력했다.

대화의 가치를 깨닫다

그렇게 나는 명상을 하며 1년이라는 시간을 보냈다. 그리고 나는 해피엔딩을 기대했다. 아니 적어도, 아주 큰 곤란은 없이 살아가길 바랐다.

'나 자신을 돌아보는 데 많은 시간을 썼으니 이제 조금 더 낫게 살아가겠지.'

그런데 충격적이게도 다시금 삶은 무너져 내리기 시작했다.

나는 무면허의료행위, 교통사고, 의료사고 등 여러 상해 사건을 겪었다. 상대방 쪽에서는 책임을 적극적으로 부정하거나 지지 않기 위해 노력했다. 내가 보상을 요청하면 "원래 다쳤던 것 아니냐", "돈이 필요한 거 아니냐", "네가 망상한 게 아니냐" 같은 말들을 듣기 시작했다. 극한의 분노가 느껴졌다. 나는 매일매일 집 나간 광견처럼 동네 뒷산에 올라가 소리를 질렀다. 그리고 뒷산에 있는 동상과 마주 보고 놀았다. 동상이 짓고 있는 미소는 내 마음과 다르게 너무나도 자비로웠다.

'왼손이 오른손을 다치게 했다면, 오른손이 왼손을 탓하지 않는다.'

만약 내가 이 사람들을 나 자신과 다름없이 생각한다면, 원망하고 탓할 이유가 없었다. 내 안에 충분한 자비심을 갖는 것이 이 고통에서 벗어나는 열쇠일까.

나는 이 고통스러운 감정에서 벗어나기 위해 노력하기 시작했다. 그러다 대화를 가르치는 일을 하는 지인을 찾아가 도움을 구했다. 나에 관하여 진실이 아닌 판단의 말을 들으니 너무 괴롭다고 호소했다.

그리고 내가 배운 것은 상대방이 신뢰할 만한가에 따라 가려들으라는 것이었다.

"저 말은 나에 관한 말이 아니고 상대방 자기 자신에 관한 말이구나, 하고 생각하세요."

소위 가해자가 하는 말과 친한 친구가 하는 말의 무게는 다를 수밖에 없다. 때로 사람들이 나 자신에 대해 함부로 판단하는 말을 듣는 순간이 올 때가 있는 것 같다. 그럴 때일수록 나 자신의 감정은 내가 신뢰해주고, 나는 내가 믿고 지키려고 노력해야 한다는 걸 깨달았다.

그리고 상대의 말이 듣기 불편할 때, 어떻게 할 수 있는지 배웠다. 그것은 그 사람들의 말을 다르게 들을 수 있는 가능성에 대해 생각해보는 것이었다.

'저 사람은 어떤 마음에서 저 말을 하고 있는 걸까?'

이 질문을 나 자신에게 던져볼 수 있다는 것을 알게 되었다. 상대방이 어떤 마음일까 짐작해보기 위해서 노력했다. 그러자 그 사람들의 마음이 들리기 시작했다.

'책임져야 하는 상황이 두렵습니다.'

그 두려움을 들었을 때, 나의 마음속에서 조금 용서가 일어났다. 나 역시 책임져야 하는 상황에서는 많은 두려움을 느끼기 때문이었다. 그러자 상대방에 대한 연민의 마음을 가질 수 있었다.

대화를 가르치는 지인과 만나서 들은 이야기는 굉장히 좋았다. 나는 어떻게 보상을 받을 수 있을까 계속 고민을 해나갔다. 그래서 지인을 통해 배운《비폭력대화》를 읽었다. 사람들에게 상처가 될 수 있는 말이 아닌 건강한 말로 보상을 요구하고 싶었다. 거기서는 화가 날 때 상대방에게 비난하는 말을 하는 것이 아닌 내가 원하는 것을 표현하는 방식으로 말할 수 있다고 했다. 나는 상해 사건을 겪었던 내 상황에 적용해보았다. 그러다가 마침내 한 문장을 발견했다.

"저는 도움이 필요합니다. 혹시 저를 도와주실 의향이 있나요?"

이 모든 과정에서, 나는 단절하는 방식이 아닌 서로 연결하는 방식으로 대화하는 것의 가치를 깨닫게 되었다. 그동안 나는 인간관계에서 마음속에 하고 싶은 말들을 눌러 담으며 쌓고 살아왔다. 참을 수 있는 데까지 참다가 너무 힘들어지면 마음을 닫기도 했다. 그런데 보상을 요청해야 한다는 극한의 상황이 내가 상대방과 대화할 수밖에 없도록 만들었다.

나는 '외상 후 성장'이라는 말처럼, 이 기회를 통해 표현하며 사는 쪽으로 나 자신을 변화시키기로 결심했다. 때로 인생에서 고비를 통해 나 자신이 살아오던 기존의 패턴을 변화시키는 법을 배우는 것 같다는 생각이 들었다.

'언젠가 꼭 대화하는 법을 배워야지.'

사랑의 실천

하지만 대화하는 법을 배우지 못하고, 나는 계속 살아갔다. 그러다가 다시금 무너지기 시작했다. 힘든 일들이 또 생겨났다.

그리고 생일이 되던 날, 나는 죽기로 결심했다. 그건 나 자신을 위한 아주 커다란 사랑의 실천이었다. 내가 정말 큰 고통을 느끼고 있다는 것을 스스로 알아준 것이기 때문이다. 주변 사람들을 걱정하여 죽지 못했다. 언제나 원하는 대로 살지 못하던 나에게, 단 하루라도 내가 원하는 것의 자유를 준 것이다.

'생일이니까 단 하루만 이기적이어도 된다.'

그렇게 결심하고 나자, 처음으로 허락된 행복에 눈물이 주르르 흘렀다.

사람이 자살을 하러 갈 때 정말 불행하지 않을까 추측하곤 했다. 그런데 내 마음은 사랑으로 가득 찼다. 그 어느 때와도 비교할 수 없었다.

'나는 이 세상 사람들을 모두 너무 너무 사랑해.'

'나는 먼저 떠나지만, 나는 아무에게도 원망하는 마음을 갖지 않아.'

'모두 정말로 행복했으면 좋겠어.'

나는 치유의 에너지를 가득 안고, 한강으로 갔다. 택시에서 내린 나는 우선 뛰어들만한 곳이 있는지부터 찾았다. 장소를 물색 중이었는데, 누군가가 손전등으로 내 얼굴을 비춰댔다.

"택시 타고 오셨어요?"

구조 대원들 열 명 정도가 원을 그리듯 나를 에워쌌다. 택시 기사님이 신고해서 출동했다고 했다.

"어떻게… 그분이 어떻게 알고 신고를 하셨을까요?"

"제가 정말 죽으려고 했는데…."

누군가가 내가 죽으려고 한 마음을 알아줬다는 사실에 깊은 연결감을 느꼈다. 구조대원 중 한 분이 내 손을 잡았다.

"왜 죽으려고 했어요…?"

그렇게 나는 다시 집으로 돌아왔다. 아무것도 변한 게 없었지만 모든 게 변한 하루였다. 내가 죽을 만큼 용기를 냈던 유일한 하루, 그리고 그런 나를 누군가가 살려줬던 하루였으니 말이다. 누군가가 나를 살려준 은혜를 생각해서, 이제는 정말 살아봐야겠다고 생각했다.

그렇게 천천히 나를 일으켰다. 목표는 단 하나였다.

'좋은 방향으로 가자.'

행복해질 수 있다는 희망 같은 건 가지고 있지 않았다. 나는 히 말라야 산을 눈앞에 둔 달팽이였다. 산 정상에 오른다는 상상은 하지 않았다. '10,000 앞에서 1을 하는 것일지라도, 적어도 나는 좋은 방향으로만 간다'고 생각했다. 절대로 퇴보는 없는 게 목표다, 하고 생각했다.

우선 아르바이트할 때를 제외하고는 항상 우울하게 지냈다. 우울한 상태를 벗어나 집 밖으로 나가게 만드는 것이 필요했다.

하루의 목표를 단순하게 잡았다. 한강 공원에 출석하기. 그렇게 매일 한강 공원에 출석하면 나의 하루 일과는 성공이었다.

한강 공원에 도착해서 한강 물을 보고 있노라면 너무 행복했다. 《감정청소》라는 책이 있는데 우리가 우리의 감정을 새롭게 청소할 수 있다는 내용이다. 언제나 우리는 스스로 행복한 감정을 느끼기로 '선택'할 수 있고, 그렇게 선택할 수 있도록 스스로를 도울 수 있다. 그렇게 산책을 하며 감정을 환기시키려 노력했다.

한강에 못 가는 날엔 드라마라도 봤다. 힘들 때는 하루에 드라마 1화 보기도 힘든 일이다. 하루에 5~6화를 봤으면 대성공이었다. 지금 상황이 아무리 힘들어도 행복을 그냥 느끼는 연습을 했다.

마음을 완전히 비웠다. '그냥 딴거 하지 말고 매주 1권씩 1년간 책 50권을 읽자' 하고 독서를 한 해 목표로 삼았다. 스스로 목표 설정도 잘 안 되었다. 그렇다고 성장할 수 있을 만큼 환경이 좋은 것도 아니었다. 그런데 책 읽는 건 이런 상황에서도 할 수 있었다. 책을 통해 저자들에게 배울 수 있으니, 적은 비용과 노력으로 좋은 영향을 받는다고 생각했다.

고통이 9,999로 누적되어 있던 상태에서 힘들게 느껴지는 일이 생기면 그것이 마지막 1을 채우는 것만 같았다. 그래서 그것이 마지막 도화선이 되어 나는 극단적인 선택을 생각하곤 했다.

그런데 '좋은 방향으로 한 걸음씩' 나아가기로 결심한 뒤로, 나는 힘든 일이 생기면 잠깐 멈추었다. 그러고 나서 일주일간 그 힘든 감정을 품어보았다. 그리고 관련된 책을 찾아서 읽거나 비슷한 종류의 일을 다룬 드라마를 보기도 했다. 그러다 보니 조금씩 고통이 해소되어가는 것을 느낄 수 있었다.

《옵션 B》라는 책에서는 회복탄력성이 높은 사람의 특징 중 하나로 자신에게 생긴 힘든 일의 영향이 영구적이지 않을 거라고 생각한다는 점을 꼽았다. 어떤 일이 생기든 일단 일주일만 적극적으로 견뎌보았다. 그러고 나서 여전히 힘든가, 라는 질문을 던져보면 놀랍게도 많은 부분이 해결되어 있었다.

매주 1권씩 책을 읽는 도전은 내게 힘든 일의 영향이 영구적이지 않고, 그 영향을 줄여갈 수 있다는 것을 알려준 시간이기도 했다. 책을 읽어나가는 과정이 내게 포기하지 않는 힘을 알려준 것이다.

자기연민을 향하여

한발씩 앞으로 나아갔다. 그렇게 5개월이 지나자, 조금씩 나에 대한 신뢰가 생겨났다.

그런데 나는 나를 지탱하던 모든 것이 무너지는 경험을 하게 되었다. 나는 대학원을 수료하기까지 얼마 남지 않은 상황이었다. 그런데 마지막 학기를 다니는 동안 계속 열이 떨어지지 않고 오르내렸다. 2개월만 더 버티면 수료라는 결과를 얻어낼 수 있었다. 하지만 나는 파울로 코엘료의 《11분》을 읽으면서 "내가 진정으로 원하는 것을 위해 다른 중요한 것을 희생할 수 있는 힘"이라는 구절에 밑줄을 쳤다. 그렇게 용기를 내서 대학원을 그만두었다.

그다음 주에, 엄마가 내 눈앞에서 쓰러지셨다. 얼굴이 복어처럼 부풀어 오르며 까맣게 변하기 시작했다. 혀가 말려들어가는 모습에, 공포영화를 보는 것처럼 두려움이 몰려왔다. 사람이 이렇게 죽는구나 생각했다. 엄마는 구급차에 실려갔다. 나는 거의 눈을 붙이지 못하고 엄마를 돌보았다. 그러다 고비를 넘기고, 숨 돌릴 수 없었던 시간이 지나자 엄마는 무사히 시술을 받고 퇴원하셨다.

"돌연사하실 수도 있습니다."

의사의 말 앞에서, 죽을 수도 있는 위기가 때로는 얼마나 엄청난 변화를 일으킬 수 있는지 경험했다. 죽음 앞에 남겨진 시간에는 단절이 아닌 사랑을 선택하게 되었다. 그리고 앞으로 매 순간 가장 스스로에게 진실된 것을 하며 살아가겠다고 결심했다.

그렇게 많은 변화를 겪던 시점이었다. 그때 마지막으로 생긴 작은 사건 하나는 내가 무너지게 만드는 도화선 역할을 했다.

엄마의 퇴원 후, 나는 부모님 집에서 나의 옥탑방으로 돌아가기 위해 택시를 탔다. 그런데 택시 기사님은 핸드폰을 만지작거리기 시작하셨다. 나는 운전 중 핸드폰을 하시는 모습에 불안해졌다.

그리고 전혀 예상하지 못했던 상황이 벌어졌다. 택시 기사님이 갑자기 내게 통보한 것이었다.

"아는 사람 좀 태울게요."

나는 극도로 당황하기 시작했다.

'이게 뭐지?'

'누군가를 태워줘야 하는 사정이 있나?'

그러는 사이 택시 기사님은 정차를 하고 앞자리에 지인을 태웠다. 자연스럽게 탑승한 지인은 택시 기사님과 이야기를 주고받기 시작했다.

"○○동으로 좀 가도 될 것 같은데?"

'우리 집으로 곧바로 가는 길이 아닌 다른 곳으로 돌아가는 건가?'

덜컥 불안한 마음이 들었다. 내가 승객이라는 것이 얼마나 고려되고 있는지 모르겠다는 생각이 들었다.

"기사님, 제가 미처 대답하기도 전에 다른 분을 태우시고… 저를 그냥 내려주세요."

그렇게 어두운 새벽, 아무런 보행자도 없는 도로의 한복판에 휘청거리듯 내렸다.

그다음 날 나는 화를 주체할 수 없었다. 세상에 대한 원망감이 가득 차올랐다. 그동안 여러 가지가 쌓여왔던 상황 속에서, 어제 생긴 일은 마지막 불쏘시개 역할을 했다.

'왜 하필이면 내가 정말 지쳐있던 순간에 그런 일이 생겼을까.'

불행이 꼭 나만 찾아서 방문하는 것만 같았다.

나는 다산 콜센터에 전화했다.

"택시에서 합승하는 행위는 과태료 처분 대상입니다. 만약에 선생님이 사진을 찍으셨다면 과태료 처분이 가능했습니다. 그래서 현재로서는 할 수 있는 것이 없습니다."

상담직원의 답변을 듣고, 나 자신에 대한 원망이 새록새록 올라왔다. 나는 상황이 생기면 얼어붙는 편이라 그 순간 감정을 잘 느끼지 못하는 편이다. 그래서 "태우지 말아주세요" 하고 곧바로 자기주장을 잘하지 못했다. 그런 사정이니 물론 사진을 찍지도 못했다. 심지어 내가 대답이 없으니 택시 기사님은 동의한 것으로 생각한 지도 모르는 문제였다. 왜 하필이면 내가 탄 택시에서만, 나에게만 이런 일이 생길까 하고 삶에 대한 원망이 들었다.

그러다가 나는 결정했다. 나 자신을 원망하지 않겠다. 이 일을 보내주겠다. 지금 이 순간 이 일에 힘들어하지 않기를 바라는 마음을 내려놓는다. 나는 이 일에 고통을 느낀다. 이 고통에서 벗어나기를 바라는 마음 자체를 완전히 포기한다. 이 고통을 완전히 받아들인다.

그리고 나는 길거리를 방황하기 시작했다. 집으로 돌아가야 하는데 택시를 타기도 무섭고 지하철을 타기도 무서웠다. 그래서 그저 방향성 없이 걸었다. 어딘가로, 집으로 돌아가지 않아도 된다고 생각했다. 미래를 통제하고자 하지 않았다. 그저 나 자신을, 이 세상을 완전히 수용했다.

그렇게 한 시간쯤 걸었을 무렵, 마음이 맑아졌다. 그것은 나 자신을 사랑하는 것, 여전히 내가 사랑받는다는 것을 받아들이는 경험이었다. 내 마음속에 사랑이 아닌 것이 사라지는 느낌이었다. 오직 사랑만이 존재하는 느낌이었다.

크리스토퍼 거머는《오늘부터 나에게 친절하기로 했다》에서 자기연민에 대해 말한다.

"우리가 실수를 하거나 어떤 식으로든 실패했을 때 자기 자신에게 친절하기."

"누구나 시련을 겪는다는 것을 기억하기."

"내가 겪고 있는 고통을 저항 없이 받아들이기."

사진을 못 찍으면 어떠냐, 안전하게 내린 것만으로 잘했다. 교통수단을 이용하다가 불편한 경험을 하는 사람은 많다고 생각하면서, 일어나는 일 자체를 받아들이자 오히려 마음이 편해진 기분이었다.

그 경험은 나의 어딘가를 변화시켰고, 나는 매 순간 나 자신을 더 사랑하고 싶어졌다. 그래서 돈을 벌기 위해 하던 아르바이트를 모두 그만두었다. 그렇게 나는 내 삶의 오랜 축을 구성하던 대학원과 과외 아르바이트와 안녕했다. 도시의 시계탑, 빌딩이 무너지듯 쓸려나가고 모든 것이 폐허가 된 기분이었다.

때로 완전히 새롭고 좋은 것들로 채워지기 위해, 기존의 세상이 무너지기도 한다. 그 과정에서 느끼는 고통은 오로지 다 겪기 위해서 찾아왔던 것 같기도 하다. 나는 고통을 느끼지 않기를 바라는 마음을 넘어서서 벌어지는 일에 항복했다. 그리고 그저 고통스러운 나 자신을 스스로 연민해주었다.

'100 정도 고통은 버틸 수 있어, 라고 생각하면 1,000 정도의 고통이 올지도 모른다. 잘 버티고 해내지 못할 수 있다. 혹시 아무것도 하지 못했다고 느낀다면, 그런 나 자신을 허용하고 사랑해주자. 괜찮다. 살아있는 것만으로 너무 잘했다.'

환영의 힘

그렇게 과외와 대학원을 모두 그만두고 나서, 나는 무엇을 하고 싶은지 생각했다. 예전에 상해 사건을 겪으며 대화하는 법을 배우자고 결심했던 것이 떠올랐다. 그 결심을 실천하고자, 나는 대화하는 법을 1년간 배웠다. 스스로를 치유하기 위해 워크숍을 많이 들으러 다녔다. 그러자 용서가 조금씩 일어나기 시작했다. 고통스러운 상황을 겪을 때 그런 경험을 한 나 자신을 더 잘 이해하기 위해 노력했다. 내가 회복할 수 있도록 나 자신에게 많은 시간을 나눠준 경험이었다.

나는 행복 에너지를 충전하기 위해 여행도 많이 다녔다. '긍정심리학'에서는 사람들은 살면서 부정적인 감정보다 긍정적인 감정을 3배 더 많이 느낄 때 자신의 삶이 행복하다고 느낀다고 한다. 그래서 그만큼 삶에서 좋은 순간을 만들려고 노력했다. 예쁜 옷도 샀다. 스스로를 꾸며주고, 소중하게 대하기 위해 노력했다.

그렇게 점차 시간이 지나, 내 마음속에는 평화가 자리 잡기 시작했다. 그리고 내게 일어나는 모든 일을 환영하는 마음이 점차 커져갔다.

하루는 워크숍을 마치고, 집에 가기 위해 동료들과 길을 걷고 있었다. 그러다가 찻길 앞 횡단보도에서 빨간 신호등을 보고 멈추어 섰다. 그때 내 앞에는 차 한 대가 횡단보도 위에 정차를 하고 있었다. 한 할아버지가 횡단보도에 서서 차를 보고 손가락질하며 소리치고 있었다. 아마 '횡단보도에 서 있으면 안 되지 않냐'라는 내용인 것 같았다. 할아버지는 자전거를 타고 있었으며 긴 머리를 휘날리고 있었다.

"자기도 빨간 불에 횡단보도에 있는 거 아니야?"

옆의 동료는 그 상황을 보고 말했다.

그 순간, 할아버지는 우리를 발견했다. 그는 자동차와 마주 보고 있던 자전거의 방향을 돌리기 시작했다. 그리고 우리 셋 앞으로 다가왔다. 그리고 우리에게 말했다. 할아버지의 위쪽 이빨은 두 개를 제외하고 몽땅 빠져 있었다.

"저 사람 저거 무시하는 거야. 나도 한때 페라리 탔었어!"

아마 우리에게 호소하고 싶은 마음인 것 같았다.

보통 낯선 사람이 길거리에서 다가와 말을 걸면 우리 머릿속에는 경고음이 울려 퍼진다. 나 역시 그런 상황에서는 본능적으로 피하곤 했다. 굉장히 난감한 상황이 펼쳐진다고 생각하면서 말이다. 때로 피하기 어려울 때면 최대한 아무렇지 않은 척 허공을 보기도 했다.

그렇지만 그 순간, 나는 환영에 대해 생각했다. 내게 일어나는 모든 일을 환영하는 것. 나에게 우연히 다가오고 만나게 되는 존재를 기쁘게 맞이하는 마음. 상대방이 어떤 감정과 생각, 아픔을 느끼고 있건 간에 그 모두를 정말 반갑게 환영하는 것에 대해 생각했다.

그 순간 여태까지 살아오던 방식과 다르게 반응하기로 결심했다.

'이 할아버지를 온 힘으로 환영해보는 거야.'

'이 할아버지는 나에게 우주가 주는 선물이야.'

그렇게 마음을 먹기 시작하자 갑자기 신기하게도 모든 상황이 다르게 느껴졌다. 나는 할아버지를 무조건적으로 수용하기 시작했다. 할아버지의 눈을 천천히 깊게 응시했다. 그리고 그 할아버지를 정말 사랑한다고 느꼈다. 나는 할아버지가 지금 느끼고 있는 감정을 따뜻한 마음으로 환영했다. 오직 마음속으로만 할아버지에게 다정한 말을 건넸다.

'할아버지, 할아버지는 중요하게 여겨지고 싶으셨던 거죠.'

그렇게 할아버지의 눈을 한참 바라보았다. 그러자 이윽고 할아버지의 눈동자가 내게로 와서 멈추었다. 할아버지는 내 눈동자에 담긴 의미를 알아차린 듯했다.

잠깐 모든 시공간이 멈춘 것만 같았다. 할아버지는 나를 보면서 말을 멈추었다. 그리고 얼굴에 순간 미소를 떠올리셨다. 그리고 고개를 휙 돌리시면서 다시금 수줍은 미소를 지으셨다. 모든 행동이 '네가 나를 이렇게 사랑해준다는 게 너무 부끄러워!'라고 말해주는 것 같았다.

어느덧 신호등이 바뀌었다. 잠깐의 교감 시간이 지나, 나는 동료들과 함께 횡단보도를 건너기 시작했다. 할아버지 역시 다시 자전거를 타고 횡단보도를 건너기 시작했다. 나는 이미 그 만남이 끝났다고 생각했다. 그리고 동료들과 이야기하며 횡단보도를 건너고 있었다. 그런데 멀리서 옷자락을 해맑게 휘날리며 자전거를 타는 할아버지가 허공에 띄우듯 인사를 건넸다.

"만나서 반가웠어. 안녕."

할아버지의 인사를 듣자 마음속에 잔잔한 기쁨이 흘렀다.

'네 존재가 내 인생에 있어주는 순간, 그 순간이 너무 소중하고 고마웠어.'

할아버지가 말하는 것만 같았다.

우리가 가장 힘든 순간에, 마지막으로 할 수 있는 가장 강력한 치유 방법은 바로 서로의 존재를 순수하게 환영하는 게 아닐까 한다.

'당신의 모든 아픔을 환영합니다.'

'나와 이렇게 만나 사랑을 주고받는 당신과 함께하는 순간을 너무나 소중하게 생각합니다.'

삶은 언제나 우리를 최고의 곳으로 안내한다

명상, 대화, 자기연민, 이렇게 세 가지의 무기를 들고 고군분투했던 시간 속에서, 나는 마음의 평화를 점차 찾아갔다. 그 시간들 가운데, 잠깐씩이지만 내가 꿈을 향해 도전할 수 있는 시간들이 있었다.

나는 그림 동화책을 쓰는 것이 꿈이었다. 그래서 미술관 관람하는 것을 정말 좋아했다. 문제는 한국에서 미술 관람이 쉽지 않다. 세계 유명 화가들의 작품들은 대부분 유럽 여러 미술관에 소장되어 있으니까.

나는 오랫동안 열심히 일했다. 유럽 여행을 가기 위해서였다. 마침내 한 달간 유럽여행을 갈 경비를 마련했다. 여러 미술관을 둘러볼 계획이었다. 특히 이번 여행의 가장 큰 목표는 피카소의 작품을 보는 것으로 잡았다. 나는 피카소 작품을 볼 생각에 꿈에 부풀어 올랐다. 그렇게 유럽행 비행기에 올랐다.

파리에 도착해, 기다리고 기다리던 피카소 미술관에 입성했다. 꿈이 이뤄질 순간이었다. 그런데 안내 책자를 펼치는 순간 가슴이 철렁했다.

"미술관은 총 4개관으로 구성되어 있습니다. 지금은 내부 공사로 3, 4관은 개방하지 않습니다."

'아뿔싸, 하필 내가 여행 왔을 때 내부 공사라니.'

개관은 1관과 2관, 두 곳뿐이었다. 결국, 일부만 관람이 가능했

다. 나는 아쉬움을 뒤로한 채 파리 곳곳을 돌아본 다음 다른 도시를 돌아다녔다. 그리고 여행의 막바지에 이르렀다.

마음에 두고 있던 샤갈 미술관으로 향했다. 지역은 니스였다. 니스는 해변이 아름다운 도시로 유럽 사람들의 휴양지다. 천국과 같은 니스에서 오래 머물 수 있다면 정말 행복하겠지 싶었다. 그렇지만 애초부터 한 달 간 여행하는 동안 많은 미술관을 돌아보는 게 목표였다. 그래서 니스 일정을 1박 2일로 잡았다. 샤갈 미술관만 보고 곧장 니스를 떠나기로 했다. 샤갈 작품 속, 바이올린을 켜는 염소와 그림 속 떠다니는 음표와 같은 새들에게 반했다. 그리고 니스의 해변과 스파게티, 거리의 댄서들은 나를 황홀하게 했다.

그렇게 니스에서의 1박 2일은 순식간에 지나갔다.

나는 파리행 기차를 타려고 니스 기차역으로 향했다. 그러다가 순간, 트렁크를 호스텔에 두고 온 걸 깨달았다.

'어쩐지 발걸음이 너무 가볍잖아!'

결국, 허둥지둥 호스텔에 갔다가 아슬아슬하게 기차역에 다시 도착했다. 하지만 파리로 떠나는 기차의 출입문이 눈앞에서 아슬아슬하게 닫혀버렸다.

'이럴 수가, 오늘 파리로 못 가는구나.'

나는 허망하게 트렁크를 끌고 다시 묵었던 호스텔로 돌아왔다.

"하루 더 묵어요."

호스텔 직원이 경쾌하게 답했다.

"처음부터 이틀로 결제하셨으면 둘째 날 조식은 무료인데요!"

계획에 없던 하루가 추가되었다. 호스텔 침대에 누워 손으로 펜을 돌리며 궁리했다.

"공백에 뭘 하면 좋을까?"

나는 호스텔에 비치되어 있는 관광 책자를 뒤적거렸다. 니스 근처에 많은 소도시가 있다는 것을 알게 되었다.

'좋아! 소도시를 구경하자.'

자세히 살펴보니 소도시에는 여러 미술관이 있었다. 특히 앙티브라는 도시에는 피카소 미술관이 있었다.

'여기에도 피카소 미술관이 있다니!'

가슴이 미친 듯이 방망이질 쳤다. 나를 태우지 못하고 떠나버린 기차가 고마울 따름이었다.

다음 날, 나는 앙티브 피카소 미술관을 관람하러 떠났다.

미술관에 붙어 있는 설명은 다음과 같았다.

"이곳 작품들은 다른 곳의 피카소 작품들과 다르고 매우 독특하다."

파란색 물감이 많이 사용된 작품에서, 피카소가 다른 정신과 기법을 실현코자 했음을 발견했다. 숨이 멎을 것만 같았다. 앙티브 피카소 미술관을 관람한 일은 잊을 수 없는 경험이 되었다. 기차를 아슬아슬하게 놓친 덕에 앙티브 피카소 미술관으로 가게 된 거다.

니스에서 예정보다 하루를 더 보내고 파리로 돌아왔다.

여행의 마지막 날 오전, 아침 식사를 하던 중이었다. 여행 중 알게 된 동행에게서 메시지가 왔다.

“오늘은 뮤지엄데이라 피카소 미술관이 무료래요!”

즉흥적으로 마지막 날 피카소 미술관을 다시 관람하기로 결정했다.

‘봤던 곳이니까 긴장 안 하고 편하게 봐야지.’

그렇게 별생각 없이 안내 책자를 폈다. 순간, 심장이 멎고 말았다. 안내 책자에 실린 내용은 다음과 같았다.

“현재 내부 사정으로 1, 2관은 개방하지 않고 3, 4관만 개방하고 있습니다.”

지난번 관람과 정 반대의 상황이 펼쳐지고 있었다. 그래서 처음 계획했던 대로 피카소 미술관 1, 2, 3, 4관을 모두 관람할 수 있었다. 특별하게 만들어진 시간에 특별한 관람이라니, 잊을 수 없는 추억을 안고 귀국하게 되었다.

나는 빈손으로 기차역에 가는 바람에 눈앞에서 기차를 놓친 일과 동행에게서 피카소 미술관이 무료라는 연락이 온 것을 우연이라고 생각하지 않는다. 피카소 미술관을 보고 싶다는 간절한 소원을 온 우주가 들었을 거라고 생각한다. 그리고 소원을 도와준 것이라 생각한다.

이후 실수하거나 안 좋은 일이 생기면 그때의 여행을 떠올리곤 한다.

‘지금 네가 알고 있는 것보다 더 좋은 타이밍과 더 좋은 기회가 있어.’

이와 같이 우리가 간절히 원하는 것에 더 다가갈 수 있도록 우주가 도와주는 거라고 믿는다. 그리고 우연히 동행에게서 왔던 연락을 떠올리며 생각한다.

'정말 진정한 꿈을 향해 나아간다면 온 우주가 도와줄 거야. 그러니까 그 꿈을 향해 믿고 나아가자.'

내 꿈에 자비를 베풀자

오랜 고통의 시간이 지나, 이제 천천히 꿈을 꾸어보는 시간이다. 온전한 나로 서기 위해 보냈던 시간들이 길었다.

내 꿈을 지켜가기가 굉장히 어려웠다. 꿈을 꾼다고 말하면 그 꿈을 꾸면 안 되는 이유에 대해 말하는 사람이 굉장히 많았다. 이유는 다양했다. 그 꿈을 꾸지 않고 다른 직업을 선택하면 무언가를 얻을 수 있어서. 그래야 할 만큼 삶은 두려워해야 하는 거라서. 내게 재능이 없어서. 그런데 내가 비로소 알게 되어 만약에 다른 사람을 만난다면 말해주고 싶은 것은, 너의 꿈이란 걸 너무 소중하게 대해주라고 말하고 싶다. 그게 네 마음속에 살아있는 거니까 말이다.

내 마음속의 생명인 꿈을 정말 소중하게 대해주자. 그동안 꿈을 꿔도 되는지 아닌지 고민하는 시간이 길었다. 그리고 정작 꿈을 위해 실천하는 시간은 짧았다. 그래서 하나의 발상을 하여 꿈을 이루도록 돕는 행운의 열쇠로 활용해보고 싶었다. 그것은 바로 내 꿈을 별개의 생명체로 생각해보는 것이다.

어떤 이미지를 하나 상상한다. 그냥 무지개도 좋고 아이도 좋고 새싹도 좋다. 그 꿈은 지금 막 태어났다. 그것이 꿈생명이다. 아기가 무수히 많이 넘어지다 마침내 걷기 시작할 때, 100번 옹알거리다가 101번째에 엄마라고 말할 때, 우리는 경이로움에 박수만 친다. 꿈에게도 그렇게 대해보자. '왜 이렇게 나는 못할까'가 아니라 '100번 옹알거리는 게 정상이다' 하고 바라봐주자.

우리는 꿈생명에게 자신의 나이만큼의 능력을 기대한다. 왜냐면 우리가 나이가 많기 때문이다. 그러니까 너도 내 나이만큼의 전문성과 창조성의 역량을 보여라, 하고 꿈생명에게 말을 건넨다. 그런데 꿈은 1살로 키워야 하는 것 같다. 꿈에 대한 아무런 요구가 없이 말이다.

우리는 어린아이가 실패했다고 해서 비난하지 않는다. 단지 더 좋은 방법이 있다면 알려줄 뿐이다. 실패를 허용해줄 만큼 내 꿈에게 너무나도 친절해지는 힘을 갖자. 이렇게 생각하면 실천이라는 벽을 넘기가 훨씬 쉬워진다.

꿈생명을 응원하는 마음에는 두려워하는 나 자신까지 포함하는 힘이 있다. '못 할 거다'라는 말을 들을 때는 내 마음속의 열정을 존중하고, 다른 사람들이 '이렇게 살아야 한다'고 말하면 내 마음속의 용기에 따라 살자. 내 꿈에 자비를 베풀자. 누군가에게 말해주고 싶다.

'지금 새로운 꿈을 꾸기에 당신은 충분하다고.'

변호사님 덕에 일생일대의 위기를 넘길 수 있었어요

교보생명보험 주식회사 변호사

한혜윤

"사법고시 공부를 하면 잘할 것 같은데 왜 시작 안 하니?"

교수님과 선배들은 의아하다는 듯 내게 물었다.

"네, 아직 마음의 준비가 안 되어서요."

대충 얼버무리며 성급히 돌아섰다. 가슴 한편이 아렸다. 변호사가 되어 다른 사람의 권리를 보호하고 싶다는 꿈을 품고 법학과에 합격했기에, 사법고시는 동경하는 꿈이었다. 법대 진학 후에도 열심히 공부했다. 다만 당시 내게 주어진 상황이 더 큰 도전을 가로막고 있었다. 사교육비, 책값, 방세, 기타 생활비 등 막대한 비용을 감당할 경제적 능력이 없었고, 예측할 수 없는 미래에 투자할 심리적 여력도 없었다.

학부 동기와 선배들은 사법고시를 준비하기 위해 신림동 고시촌에 가서 생활하며 학원에 다니거나 학교 근처에서 생활하며 인터넷 강의를 듣고 스터디를 할 때, 나는 학업과 여러 개의 아르바이트를 병행하면서 학업을 지속하고 있었다. 그 이상의 목표를 생각하는 것은 사치로 느껴졌다. 변호사가 되고 싶다는 꿈이 현실의 벽 앞에서 점점 빛바래져 가고 있었다.

어려움 속에서 공감과 감사를 배우다

12년 전 대학교 1학년 때, 아버지께서 지인에게 사기를 당하셨다. 공무원 생활을 마친 아버지께서 은행 융자를 받아 처음으로 마련하신 집에 근저당권이 설정되었고, 지인의 채무를 고스란히 떠안아 그 집이 경매로 넘어가게 되었다.

재산 압류를 당하고 사채업자의 독촉을 받으며 처음으로 세상의 비정함과 무서움을 피부로 느끼게 되었다. 어머니는 난생처음 받아보는 소장을 들고 법원에서 제공하는 무료 상담을 받다가 상담사로부터 핀잔과 질책을 받아 크게 상처받으셨다. 법적 절차를 처음 마주하신 어머니는 얼마나 무섭고 비참하셨을까.

경매 절차가 진행되면서 언제 길거리에 나앉게 될지 모른다는 두려움 속에서 학부 1학년 2학기에 휴학을 했다. 여러 개의 과외 아르바이트를 하면서 집안에 보탬이 되고자 노력했다. 그런 상황에서도 부모님께서는 학업을 이어가길 바라셨고, 다음 해 1학기에 복학해 학업과 과외 아르바이트를 병행하면서 교내 성적 장학금을 받아 학업을 지속할 수 있었다. 열심히 노력했다. 하지만 경제적인 불안이 큰 상황에서 변호사가 되고 싶다는 꿈을 이룰 수 있을지 무척 막막했다.

힘든 시간이 계속되었지만, 그래도 힘을 냈다. 우선 주어진 상황에 맞게 최선을 다해 생활했다. 불필요한 소비를 최소화하고 생활비를 줄이기 위해 학교에 도시락을 싸서 다니고 전공 교과서는 선배들에게 물려받거나 도서관에서 책을 참고하며 공부를 했다. 한 달 용돈 25만 원 중 10만 원 이상을 저축해 다시 어머니께 돌려드리곤 했다. 덕분에 지금도 불필요한 소비는 최소화하는 습관이 몸에 배어 있다.

다른 사람들의 어려움을 경청하고 공감하며 나에게 주어진 상황에 감사하는 마음을 가지려 노력도 했다. 서로의 삶을 나누고 경청해주는 대학 중앙 동아리에 몸담고 있었는데, 20대 청년들에게 말하지 못할 고통이 참 많다는 것과 나만 힘든 건 아니라는 사실을 알게 되었다. 어떤 남학생은 갑작스럽게 세상을 떠난 친구를 떠나보내지 못한 채 극심한 절망에 빠져 있었고, 한 여학생은 생명의 불이 꺼져가는 어머니의 쾌유를 빌며 눈물을 흘렸다. 뭐라 위로의 말을 건네야 할지 알 수 없었던 나는 그저 조용히 그들이 처한 칠흑 같은 어둠을 바라보며 함께 기도했다. 그러면서 내가 겪고 있는 경제적 어려움은 그런 고통 가운데 하나에 불과하다는 것을 배우게 되었다.

위기 앞에서 가족들도 마음을 하나로 모았다. 우리에게 닥친 경제적 위기를 잘 헤쳐나가길 빌면서 밤마다 손을 맞잡고 기도했다. 처음에는 두려움에 떨며 우리 가족을 위해 기도했지만, 나중에는 하루 동안 만난 사람들의 사연들을 함께 나누고 그들을 위해 먼저 기도하는 시간으로 변해갔다. 타인을 위한 기도를 통해 세상의 슬픔을 나누는 법을 배웠고, 우리가 처한 상황에서 감사할 점들을 찾을 수 있었다. 타인을 위한 기도들이 이루어지는 모습을 보면서, 언젠가 우리에게도 희망이 오리라는 믿음이 생겨났다.

세상이 참 따뜻한 곳이구나

그러던 어느 날, 나는 학교에서 한 기업의 장학회를 소개받았다. 면접을 보러 가는 길에 나는 계속해서 마음을 다잡았다. 장학회의 도움은 나와 우리 가족에게 꼭 필요한 간절한 기회였다.

'혹시라도 장학회 심사위원분들이 우리 집 이야기를 믿지 않으시거나 공감하지 않으시면 어떡하지.'

이런 걱정이 들면서도 한편으론 어려운 상황을 증명해야 하는 현실이 부끄럽기도 했다.

그날 면접장에서 나는 눈물을 흘리고 말았다. 따뜻한 위로와 공감에 긴장이 풀려버렸기 때문이다. 면접관님들은 내 이야기를 따뜻한 눈빛으로 경청해주시며 얼마나 놀라고 힘들었냐며 공감해주셨다.

"떡잎은 보호되어야 한다."

회장님은 이렇게 용기를 북돋아 주셨다. 세상이 참 따뜻한 곳이구나, 새삼 깨달았다.

그리고 그 겨울 나는 장학생으로 선발되었다는 합격 메일을 받게 되었다. 어머니와 함께 메일을 읽으며 감사의 눈물을 흘렸다. 우리 가족에게 장학회는 장학금과 생활비라는 금전적 의미의 도움만을 의미하지 않았다. 한겨울 세상의 추위를 온몸으로 맞고 있던 우리에게 모닥불을 쬐어주며 온기를 나누어준 은인이자, 위기의 순간 벼랑 끝에서 잡으라고 내밀어준 손이었고, 세상에 어둠만이 아니라 빛이 존재한다는 희망이었다.

더욱이 다음 해 회장님께서는 장학회에 당신의 모든 사재를 쾌척하셨고, 그 덕분에 장학금은 학비를 넘어 생활비를 쓸 수 있을 정도가 되었다. 이는 학비 걱정을 덜어주시려는 마음과 더불어 생활비를 벌기 위해 공부 시간을 뺏기지 말라는 깊은 뜻이었다. 덕분에 나는 과외 아르바이트를 줄이며 학부 공부에 더욱 집중해 좋은 성적으로 졸업할 수 있었고, 학비 걱정으로 도전하기 어려웠던 대학원 과정도 수료하게 되었다.

나는 장학회와의 만남으로 꿈을 향해 도전할 수 있는 자신감을 가지게 되었다. 경제적 불안이 주는 부정적인 영향 중의 하나는 장래에 대한 막연한 불안감으로 여러 도전을 해보지도 못하게 하는 것이다. 나 역시 장학생이 되기 전에는 대학원 진학 등은 여유가 있는 사람들에게 주어진 기회라고 생각하며 '과연 나에게 기회가 올까?'라는 생각을 자주 했다. 그러나 장학생이 되어 물심양면의 응원을 받으면서 '주어진 상황에서 최선을 다하면 반드시 기회가 온다'

는 믿음을 갖게 되었다. 끝이 보이지 않던 캄캄한 터널을 지나 조금씩 희망의 빛이 우리를 비추었다.

보람 있었던 옛 기억에서 열정을 찾다

"한혜윤 씨는 사회에 나가서 좋은 일을 많이 하고 나중에 하고 싶은 공부를 했으면 좋겠습니다."

석사과정 중 진로를 고민하고 있었을 때 지도 교수님께서 조언을 건네셨다. 당시 나는 박사과정에 진학해서 학자의 길을 걸을지, 로스쿨에 진학해 실무가의 길을 걸을지에 대해 고민하고 있었다. 전공 분야에 집중해 연구하는 즐거움을 느끼기도 했지만, 사회활동을 하면서 생생한 실무를 체험하고 싶은 마음이 더 컸다. 다만 로스쿨 학비 마련이 어렵진 않을지 변호사 시험의 수험 기간을 잘 견뎌낼 수 있을지에 대한 두려움이 컸기에 과감한 결단을 내리지 못하고 있었다.

그러던 차에 지도 교수님의 말씀을 들으면서 그동안 잊고 있었던 꿈, 내가 법조인이 되고 싶었던 이유가 떠올랐다. 중학교 시절 억울한 징계를 받을 위험에 처한 친구를 위해 학생부장님께 사정을 설명하고 징계를 면하게 한 일이 있었다. 다른 사람을 대변해 그들의 권리를 언어로 표현하는 일은 참으로 보람이 있었다. 그 기억이 떠오르자 다시금 법조인이 되고 싶다는 열망에 심장이 뛰었다.

그렇지만 열정만으로는 로스쿨 합격을 장담할 수가 없었다. 각 대학의 우수한 학생들이 진학하고자 뛰어들기에 로스쿨 입시 경쟁은 워낙 치열하기로 유명하다. 입시를 준비하는 동안 '과연 나에게 법조계의 문이 열릴까'라는 불안한 마음도 항상 도사리고 있었다. 그럴 때마다 먼 미래에 나를 만나기 위해 기다리고 있을 의뢰인들을 상상했다. 내가 미래를 위해 준비하는 오늘이, 나를 기다리는 누군가의 간절한 기도의 결과일지도 모른다고 말이다. 그렇게 매일매일의 두려움을 극복하며 입시를 준비했고 감사하게도 로스쿨에 합격하게 되었다.

로스쿨에 진학하고 보니 다행히도 다양한 장학제도가 활성화되어 있어서 학비 걱정을 덜 수 있었다. 또 좋은 동기들을 만나 서로 응원하면서 힘든 공부 과정을 견뎌냈다. 학년 대표로 선출되어 동기들이 학교생활에서 겪는 고충을 귀담아듣고 학교에 전달하는 역할을 맡기도 했다. 2학년 대표에 이어서 3학년 때에는 동기 모두가 잘 되길 바라는 마음에서 '전원 변호사 시험 합격'이라는 공약을 걸고 학년 대표로 출마했다. 실제로 많은 동기들이 서로를 도우며 한마음으로 공부했다. 시험 전날까지 동기 단체 대화방에서는 시험에 도움이 되는 자료를 서로 나누었고, 졸업식에서는 웃음과 눈물이 함께할 만큼 서로에게 귀한 인연이 되었다. 그렇게 3년의 로스쿨 과정을 무사히 마칠 수 있었다. 그리고 변호사 시험의 결과만을 남겨두게 되었다.

어둠의 시간에서 배운 세 가지

그러나 나는 첫해와 그 다음 해 변호사 시험에 떨어지고 말았다. 공부를 다시 하는 건 견딜 수 있었지만, 1년 후에 결과가 보장되지 않는다는 사실이 나를 두렵게 했다. 분명 성실하게 지내온 시간들이었건만, 수많은 후회가 밀려왔다.

'학년 대표를 하지 말았어야 했나.'

'다른 사람 챙길 시간에 나에게 더 집중하는 게 맞았을까.'

'공부에만 집중했으면 진작에 합격하지 않았을까….'

시험 결과 앞에서는 모든 이타적인 행위가 초라해지는 것만 같았다.

그런 나에게 먼저 합격한 친구들이 찾아와주었다. 로스쿨 재학 중에 정말 고마웠다면서 반드시 합격할 거라고 응원해주었다. 어떤 동기는 시험을 앞두고 너무 힘들어서 울고 있던 자신에게 "동이 트기 직전이 가장 어둡다"는 속담을 적은 쪽지를 전해준 내가 정말 큰 힘이 되었다며, 지금의 불합격은 큰 그릇이 되기 위해 준비하는 시간일 거라고 용기를 돌려줬다. 많은 동기들이 응원을 해주었고, 특히 바쁜 변호사 생활 중에도 거의 격주로 찾아와 밥을 사주며 응원을 해준 고마운 친구도 있었다. 친구들의 진심 어린 위로와 응원 덕분에 나는 다시금 힘을 내서 공부할 수 있었다.

이러한 시간을 통해 나는 인생에서 중요한 세 가지를 배웠다. 우선 '나라는 사람의 가치는 시험 결과와 무관하다'는 것이었다. 시험과 같이 어떤 목표를 추구하다 보면 어느새 그 목표가 나 자신과 같다는 착각에 빠지게 되는 것 같다. 그래서 시험 결과가 좋지 않으면 나라는 존재 역시 형편없다는 생각과 내가 행한 것들이 무의미하다는 생각이 들 수 있다. 그런데 불합격한 나를 찾아와 함께해주는 친구들을 보면서, 목표 달성의 여부와 상관없이 나라는 존재가 존중과 사랑을 받을 수 있다는 사실을 알게 되었다.

이러한 경험은 공부에도 큰 도움이 되었다. 우선 내가 모르는 것을 드러내고 조언을 구하기가 한결 쉬워졌다. 이전에는 내가 모르면 안 된다고 생각했고 부족한 점은 들키기 전에 메우려 애썼다. 그렇게 스스로 묶었던 족쇄를 내려놓고 나를 솔직하게 드러내고 주변에 도움을 청하자, 친구들은 수험 기간 내내 정기적으로 찾아와 자신만의 합격 노하우를 잔뜩 나누어주었다.

다음으로 비록 당장 나에게 도움이 되지 않더라도 '주변과 나누면서 살아가면 언젠가 반드시 보답을 받는다'는 사실을 몸소 느꼈다. 법조인으로서 살아갈 기나긴 인생에서 몇 년의 시험 준비 기간은 짧은 순간에 지나지 않는다. 그러나 동료들과의 우정은 평생 함께 간다. 나는 시험과 취업을 준비하고 사회생활을 하면서도 동료들과 변함없이 도움을 주고받았다. 자기 공부만 하기에도 바쁜 로스쿨 생활 중에 주변을 챙기는 활동은 어리석은 선택으로 보이기도 하지만, 장기적 관점에서는 결국 나에게 이익으로 돌아왔다. '착하게 살면 손해 본다'는 말은 단기적 관점에서 보면 맞을지 몰라도 장기적 관점으로 보면 틀릴 수도 있다는 것을 몸소 체험하였다.

마지막으로 '아무것도 주어지지 않은 채 태어난 인생에서 현재는 선물이라는 것'을 깨달았다. 변호사 시험을 일주일가량 앞둔 어느 날이었다. 일곱 과목을 세 가지 유형(객관식, 사례형, 기록형)에 맞추어 준비해야 하는 살인적인 시험 일정을 앞두고 수험생은 그동안 공부한 것을 잊어버릴 것 같다는 공포에 질려 심리적으로 가장 불안한 상태에 처하게 된다. 나 역시 시험을 앞두고 마음이 무척 약해져 있었는데, 당시 나를 흔든 유혹은 다름 아닌 '후회'였다.

'지금의 공부 방식을 로스쿨 1학년 때부터 했더라면.'

'좋은 일을 하겠다는 마음과 오지랖을 버리고 학년 대표를 맡지 말걸.'

'다른 사람들처럼 자기 공부에만 집중할걸….'

돌이킬 수 없는 일들을 머릿속에서 계속 떠올리며 부정적인 사고의 수렁에 빠져들고 있었다.

그러던 어느 날 지금 로스쿨을 졸업하고 변호사 시험을 세 번째 준비하고 있는 이 상황이 내게는 크나큰 위기지만 누군가에게는 부러운 기회일 수도 있겠다는 생각이 들었다. 왜냐하면 나는 아무것도 갖지 않은 '영(0)'의 상태로 태어났는데 공부할 기회가 주어졌고, 시험을 앞두고 있었기 때문이다. 그러자 현재 상황이 거저 주어진 선물처럼 느껴졌다. '0'으로 태어난 나로서는 공부한 것을 잊어버릴까 두려워할 게 아니라 원래 '0'의 상태라는 것을 받아들이고, 주어진 것에 감사해야 하며, 시험의 경우에도 '시험 직전에만 공부한 것을 떠올리면 되지 않는가?' 하는 배짱마저 생기게 되었다.

합격증서
위 사람은 제0회 변호사시험에
합격하였으므로 이 증서를 수여함
2010년 0월 0일
법 무 부

그러자 지난 2년간의 불합격이 나에게 주는 의미도 찾게 되었다. 나는 앞으로 살면서 매 순간 처음인 것들을 만날 것이다. 사건도 모두 다 다를 것이고, 업무도 모두 새로울 것이며, 매번 새로운 사람들을 만나게 될 것이다. 그럴 때마다 내가 미숙하고 초짜인 '0'의 상태임을 감추려고 급급하거나 두려워할 필요 없이 담대히 조금씩 채워나가면 되겠다는 깨달음을 얻게 되었다. 그리고 그 해, 드디어 변호사 시험에 합격하게 되었다.

12년 전 어머니의 트라우마를 떠올리며

그리고 나는 지금 어느 로펌의 내 방 책상에 앉아 이 글을 쓰고 있다. 어제는 부모님께 맛있는 밥도 사드렸다. 12년 전 학교를 계속 다닐 수 있을지, 어디에서 살게 될지 막막했던 내가 꿈을 이룬 것이다. 내가 변호사가 되고 싶었던 까닭은 자신의 권리를 표현하지 못하는 사람들을 대신해서 그 권리를 보호하고 싶었기 때문인데 그 목표도 달성하고 있다.

내가 주로 하는 일은 억울한 상황에 처한 의뢰인의 사연을 경청하고 공감하며 의뢰인의 권리를 대변하는 글을 쓰는 일이다. 의뢰인들은 내가 작성한 소장, 서면 등을 읽고 이와 같은 말을 건넨다.

"마음의 위로가 됩니다."

"변호사님 덕분에 일생일대의 위기를 넘길 수 있었어요."

그럴 때마다 큰 보람을 느낀다. 12년 전 난생처음 받아보는 소장을 들고 법원에서 제공하는 무료 상담을 받다가 상담사로부터 핀잔과 질책을 받아 크게 상처받으셨던 어머니의 모습이 떠오른다. 그렇기에 나는 누군가가 법이나 절차에 대해 질문하면 아무리 바빠도 최선을 다해 대답해준다. 의뢰인에게도 먼저, 자주 연락하는 변호사가 되었다. 내 가족이 겪은 트라우마를 누군가가 다시 겪지 않기를 바라면서, 인생 최악의 순간에 나를 만난 의뢰인에게 부디 다시 일어설 기회가 되길 간절히 기원하면서 말이다.

그리고 나는 다시금 미래의 나를 기다리는 사람들을 상상하며 떠올려본다.

'나의 오늘은 미래의 누구를 위한 준비의 시간일까?'

'그를 돕기 위해 나의 오늘을 어떻게 보내야 할까?'

어쩌면 이 글을 읽는 누군가도 '나에게 과연 기회가 올까?', '내가 그렇게 큰 꿈을 꾸어도 될까?'라는 생각을 하고 있을지도 모르겠다. 마음속에 품은 미래가 멀게만 느껴져 오늘 나의 부족함을 자책하고 있을지도 모르겠다.

나도 그랬다. 현실의 두려움 앞에 제자리걸음을 하며 안갯속을 헤맬 때가 있었다. 진전이 없기에 스스로가 게으르다는 착각도 든다. 게으른 게 아니다. 잠시 안개가 덮쳐 앞이 가려진 것이다. 조금 더 헤매어도 괜찮다. 헤매는 걸음이 모여 안개를 걷어낼 것이다.

그리고 이 한 걸음은 미래의 누군가를 위해 준비되는 고귀한 과정일 것이다. 그 누군가가 미래에서 우리를 기다리고 있을 것이다.

그렇게 우리의 현재가 미래에 귀하게 쓰이리라 생각하며 작은 응원을 건네드리고 싶다.

낯선 세상이 나는 좋다

외교관, 페루 파견

윤세리

매일 돌아가는 지구본

어려서부터 엄마에게 정말 많이 들었던 말이다.

"세리야, 윤세리. 너 또 지구본 굴리는 거니?"

아, 생각해보니 엄마에게만 들은 말은 아니다. 아빠, 선생님, 친구 할 것 없이 나만 보면 하던 말이다. 맞다. 나는 지구본을 굴리는 게 취미 아닌 취미였다.

어린 시절, 처음 지구본을 봤을 때가 어렴풋이 기억난다.

"엄마, 정말 지구가 이렇게 둥그레 하다는 거야?"

"그럼, 둥글둥글하지. 우리 세리처럼."

그때 어른들은 아이들에게 거짓말을 참 잘한다고 생각했다. 지구가 둥그레 하다니, 이렇게 땅이 평평한데?

하지만 정말 지구가 둥근 모습이라는 걸 알았을 땐, 감탄보다 환호를 했다.

'저 많은 나라에 언제 다 가본다냐?'

어느새 지구본을 돌려보는 게 내겐 큰 취미가 되었다. 팽그르르….

'어른이 되면 해외로 나갈 거야.'

'많은 나라를 돌아다닐 거야.'

호기심 넘치던 나는 외국을 돌아다니는 꿈을 자주 꾸곤 했다. TV에서 해외 관련 다큐멘터리라도 방송되면 엄마가 드라마를 보듯 한순간도 눈을 떼지 못했다. 누가 시킨 것도 아닌데, 마치 내가 그래야 하는 사람으로 여겼다.

"아, 이곳이야."

"지난번 다큐멘터리에 나온 나라!"

방송을 보고 나면 여지없이 지구본을 굴렸다. 그러다 찾는 나라가 나오면 보석이라도 발견한 것 마냥 신이 났다. 각기 모양도 다르고 생활방식이 다른데도 희한하게 웃고 우는 모습은 비슷했다. 뭔가에 감동을 받으면 울먹이는 모습도 마찬가지였다.

'사람의 감정은 정말 비슷한 건가 보다.'

'저 사람들이 울면 나도 슬퍼. 나도 아파.'

그래서 더 호기심이 생겼다. 또 같은 감정을 가지고 있다면 사람이 사람을 두려워할 필요는 없다고 판단했다. 호기심은 점점 커져갔다.

"아아, 여긴 제2의 도시야. 수도하고는 거리가 좀 멀지."

"세리, 넌 그걸 어떻게 알아?"

나는 어느새 해외 박사가 되어 있었다. 친구들은 그런 나를 신기해했다.

"나? 이건 비밀인데? 사실 나는 안 가본 나라가 없거든."

거짓말이 아니었다. 지구본으로 가보지 않은 나라는 없었으니까. 친구들이 피식하며 웃을 때면 자신 있게 말하곤 했다.

"지금은 지구본으로 보고 있지만, 두고 봐. 나는 커서 외국으로 나갈 거니까."

친구들에게 한 다짐 아닌 다짐 때문이었을까? 나는 지금 '외교관 윤세리'로 일하는 중이다.

합격의 영광까지

뱉은 말 때문은 아니었다. 어려서부터 마음에 없는 소리는 절대 하지 않았으니까.

"정말 외교관이 됐다고?"

오랜만에 만난 사람들은 해냈다며 엄지를 추켜올리곤 했다. 해외에 나가고자 하는 열망은 외교관을 꿈꾸게 했고 자연스럽게 직업과 연결되었다. 어려서부터 호기심을 갖지 않았더라면 이루기 힘든 꿈이었다.

마냥 꿈이 쉽게 이뤄지면 세상일이 얼마나 쉬우랴. 자세하게 알아보니 고시 준비를 해야만 가능했다. 만만한 일이 세상에 없음을 깨달았다. 좀 더 알아볼 요량으로 연구해보니 생각보다 훨씬 많은 공부와 준비가 필요했다.

'내가 이 나이가 되도록 헛꿈을 꾼 걸까?'

'불가능한 일인 걸까?'

너무 큰 고비처럼 느껴졌다. 그래서 대학 3학년이 되도록 표를 내지 않았다. 하지만 관심을 버릴 수는 없었기에 주변을 몰래 살펴보기로 했다.

처음 목표한 건 '국제학부 선배들'이었다. 그들은 나보다 꽤나 외향적이었다. 그래서 과연 이 진로가 내게 어울리는지, 한참 고민해보았다. 더군다나 그들은 외국에서 자란 사람이 많아 외국어도 유창했다. 하지만, 나 윤세리는 마음먹은 걸 하지 않으면 잠을 못 이루는 성격이다.

"저 윤세리, 휴학합니다."

"고시 생활을 할 거거든요."

그렇게 고시 생활이 시작되었다. 지금도 그렇지만, 당시엔 대부분 신림동 고시촌에서 학원을 다니는 경우가 다반사였다. 그곳에서 스터디하는 걸 당연한 절차라고 여겼다. 나 역시 그게 당연한 순리라 여겨 참여키로 했다. 하지만 이내 좌절에 이르고야 말았다.

'뭐 이리 모르는 게 많아?'

'내가 잘할 수 있는 건 지구본으로 나라 빨리 찾는 일뿐이네.'

곳곳 스터디를 방문해보았지만, 어느 곳을 가더라도 모르는 게 가득했다. 마치 '윤세리가 모르는 것 맞추는 대회'가 열린 게 아닌지 착각할 지경이었으니까.

'그럼 포기?'

잠시 '포기'라는 말을 떠올리다 그들을 살펴보았다. 그들은 이미 수년간 준비해온 사람들이었다. 따라잡기엔 출발이 한참 뒤처져 있었다.

'내가 부족한 게 너무 많다.'

스터디에 갈 때마다 생기는 건 떨어지는 자신감뿐이었다. 어쩌면 상대와 나에 대한 비교 때문일지 모른다는 판단에 새로운 방법을 모색했다. 그래서 찾은 방법은 '홀로 공부법'이었다.

첫 1년은 집 근처 구립도서관에 다니기로 작정했다. 그렇게 인터넷 강의를 통해 혼자 공부에 매진했다. 선택이 제법 괜찮았다.

1년 정도 공부하니 기본은 알 수 있었다. 2년 차, 다시 고시촌으로 향했다. 그리고 그룹스터디를 시작했다. 이전처럼 알아듣지 못할 수준은 한참 넘었으니 자신감도 생겼다. 알아들을 수 있다면 노력만 따라주면 될 테니까. 생각대로 이전과는 비교가 안 되었다.

다른 사람들에게 배우며 내가 부족한 부분을 보충하고, 강사님들에게 답안지 첨삭도 받으면서 더 큰 자신감이 솟아났다.

시험 당일, 운과 실력이 멋지게 충돌하는 경험을 하게 된다. 몇 문제는 하루 전 공부했던 내용이었다.

그리고 듣게 된 소식.

"윤세리 합격!"

눈앞에서 지구본이 굴러다녔다. 어려서 신나게 굴리던 지구본,

나는 이미 비행기 안에 앉아 있었다. 얼떨떨한 합격 소식에 당황했다. 이후 약 1년간의 국립외교원 교육과정을 거친 후 외교부에 입부하게 되었다.

산 넘고 물 건너, 페루로

초임 외교관은, 입부 후 2년에서 2년 반가량 지나야 첫 부임지 발령이 난다.

대학교를 갓 졸업하고 첫 직장으로 입부했다. 그리고 2년간의 노력과 인내가 결실을 맺게 되었다. 드디어 해외에 나가게 된 거다.

팽그르르… 지구본이 돌아가다 멈췄다. 내가 가게 될 나라에서. 한껏 부푼 기대로 상상의 나래를 펼쳤다. 하지만 소망하는 대로만 모든 게 이뤄질까?

누구에게나 그렇겠지만, 나에게도 첫 부임지는 특별했다.

희망 국가를 쓰게 되어 있는데 크게 고민하지 않았다. 어려서부터 생각하던, 꼭 가보고 싶은 나라 중에 선택하면 되었다. 특히 스페인어를 조금 할 줄 알고, 쿠바 여행 이후 중남미에 관심이 커졌다. 그리고 페루엔 큰 규모의 우리 대사관이 자리 잡고 있다. 꿈을 펼칠 최적지였다. 큰 고민 없이 선택지가 결정되었다.

'페루, 내 인생을 걸어야 할 곳이다.'

여러 사항을 고려해 선호 국가 중 페루로 써냈고 최소한 한 국가로 부임받는다. 신이 나면서도 걱정이 됐다. 페루를 쓰긴 했지만, 사실 아는 게 많던 건 아니었다. 어쩌면 정보가 많지 않아 더 관심을 둔 나라 중 하나였다.

'내가 잘할 수 있을까?'

늘 자신했는데, 한껏 멍석을 깔아주니 멈칫해졌다. 그때, 나는 지구본을 돌리며 꿈을 꾸는 어린 소녀가 아니었다.

부임지가 결정되었다. 그때까지는 마추픽추 외엔 페루에 대해 아는 게 많지 않았다. 맡겨진 운명에 삶을 맡겨야 했다.

부임 과정 역시 정신없었다. 업무를 하며 이사도 준비해야 했다. 생활하는 데 필요한 게 한두 가지가 아니었다. 이사는 왜 그리 힘든지, 일이 계속되면 국제 이사를 이삼 년 간격으로 해야 한다. 전에는 신나는 일이라고 생각했는데, 닥치고 보니 그게 아니었다.

"세리, 정말 우리 이제 못 보는 거야?"

"요즘은 영상통화하면 마주 보는 것 같은데 뭘."

친구들과 만난 자리에서 모두가 아쉬워했다. 말은 그렇게 했지만 직접 보는 것과 어찌 같을 수 있으랴. 그래도 친구들은 멋진 일을 찾았다며 축하해주었다.

"지금도 지구본 돌리니?"

나는 웃으며 답했다.

"아니, 내 머릿속에 다 박혀 있거든."

모두 웃었지만, 작별 인사 앞에서는 다들 서운해했다. 그리고 얼마 후, 인천공항에 배웅 나온 가족과 마주했다.

"세리야, 자주 전화하고."

백번 다짐했는데도 가족과의 이별은 쉽지 않았다. 영영 떠나는 것도 아닌데, 다신 못 보는 것도 아닌데, 이별이라는 말은 어디에 붙어 있어도 마냥 아쉬웠다.

"엄마, 자주 연락할게요."

"그래. 엄마는 믿어. 우리 딸은 완전 잘 났거든."

"어? 엄마 알고 있었어?"

"어? 설마 모르고 있는 줄 알았니?"

웃음이 터졌는데 눈물도 함께 터져버려 마음을 꾹꾹 눌렀다. 안 그럼 눈물이 펑펑 쏟아질 것 같았다. 그렇게 가족들과 작별 인사를 마쳤다.

드디어 날아오른 하늘, 내가 태어나 자란 대한민국이 멀어지기 시작했다. 비행기 아래로 보이던 우리나라가 시야에서 사라지자 실감이 나기 시작했다.

"대한민국과 지구 정반대 편으로 나는 지금 날아가고 있다."

"페루, 나는 지금 페루로 간다."

그곳은 한국과 시차가 14시간 난다. 게다가 직항이 없어 비행시간만 무려 스물여섯 시간이다. 매시간이 지날 때마다 지금 어느 상공쯤인지 찾아보았다. 한국에서 멀어진 지 제법 시간이 지났지만, 도착하려면 여전히 까마득했다. 사실 먼 이국땅에서 혼자 산다는

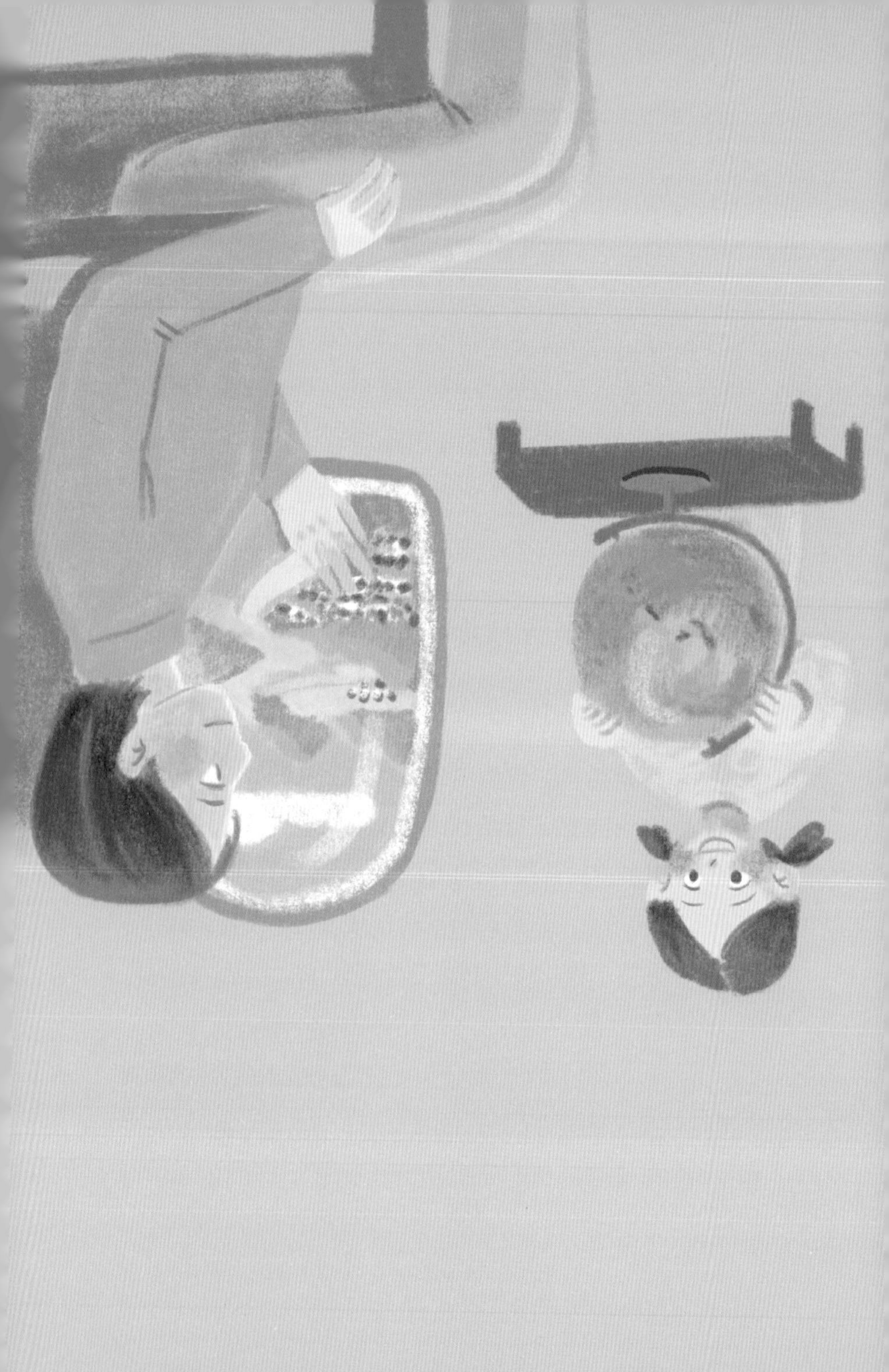

게 걱정이 안 되었다면 거짓말이다. 하지만 걱정보다 설렘이 배로 크다는 말도 진심이었다. 부모님이 들으면 야단하실 테지만, 아마 엄마 아빠도 분명 그랬을 거다.

'엄마, 실은 엄마 아빠 품에서 독립하고 싶었거든.'

'미안, 그래서 이 순간을 기다린 것도 있어. 물론, 아주 조금.'

그 먼 길을 가는 내내 잠을 거의 이루지 못했다. 걱정 반, 기대 반이라는 말의 의미를 실감 나게 깨닫고 있었으니까.

'뭐야 이거, 미치도록 심장이 뛰는걸?'

숱한 고행 끝, 드디어 페루에 도착했다.

365일, 처절한 좌충우돌 생존기

지난 1년, 내겐 처절한 생존기이자 성장기였다. 페루는 꿈이었고 희망이었다. 비행기에 처음 올랐을 때, 나는 달나라로 떠나는 상상을 했더랬다. 아무것도 없는데도 좋았다. 허허벌판이라도 나는 나무를 심고 꽃을 피워낼 줄 알았다.

'꿈은, 꿈을 꾸는 순간이 가장 아름답다.'

야망이 지나쳤던 걸까. 무엇이든 현실과 이상이 한 노선일 수는 없지만, 페루의 생활은 그 이상이었다. 현실은 훨씬 어려웠고 독립이라는 멋진 꿈도 이루지 못했다.

'나는 홀로 서는 법을 배워가고 있다.'

'머나먼 나라, 타국에서.'

'지치면 안 되는데, 솔직히 힘들다.'

마음과 달리 지치기 일쑤였다. 부임 직후, 곧장 생긴 마음의 부담, 나는 편히 걸어 다니지도 못했다. 지구본을 돌리던 어린 시절의 상상은, 꿈을 꿀 때만 아름다웠던 신기루였다.

'사람들이 나를 계속 쳐다보는 것 같다.'

'밤길이 무섭다.'

어린 시절의 꿈을 이룬 것 중 하나가 해외여행을 많이 다닌 거다. 무려 수십여개 나라를 다녔으니 만만한 경험이 아니다. 그 경험이면 무탈할 거라고 생각한 게 착오였다. 여행과 일상은 달랐고 일상과 업무는 백배 더 달랐다. 차원이 다른 고난, 게다가 소통이 힘들었던 스페인어도 큰 문제였다. 내겐 외국인 친구가 제법 많다. 대부분 영어를 쓰기에 편했는데, 페루에선 소용없는 가치였다.

'공부를 열심히 했는데….'

수년간 스페인어를 배웠다. 나름대로 자신 있었는데, 막상 누군가를 마주하면 말문이 막히곤 했다. 물건 하나를 사려고 해도 흥정이 힘들어 여간 고단한 게 아니었다. 뭔가 묻고도 답을 알아듣지 못했고, 누가 뭔가 물으면 답을 하지 못하는 형국이었다.

한국 사람이 급한 성격이라는데, 페루가 아마 더 한 듯했다. 천천히 말해달라고 해도 페루 사람들은 매우 빠르게 답했다. 말을 해석하다 보면 뒷말이 빠르게 이어져 이미 들은 말도 헷갈렸다.

'직접 경험해보면 현실과 달라. 외국 생활이란 게 그래.'

'만만치 않을걸?'

선배들의 말이 옳았다. 직접 경험해야만 알 수 있는, 고생을 넘어선 고난이 내 앞에 떡하니 버티고 서 있었다.

"역시 공부와 실전은 달라."

"중남미 사람들은 열정이 가득하다고 배웠는데…."

"그래서 마냥 따뜻한 줄 알았는데…."

안다. 그들의 기준과 나의 기준이 달라 따뜻함의 중심이 충분히 다를 수 있다는 것쯤은. 하지만 고된 삶 속에서는 나만 생각할 수밖에 없다. 이기적이라고 흉을 봐도 어쩔 수 없다. 그만큼 모든 게 힘들었다.

수다로 푸는 고달픔

고통을 풀 수 있는 유일한 방법은 친구와의 수다였다.

"도로는 어때? 우리나라랑 비교하면?"

울컥할만한 질문도 아닌데, 눈물이 질금 터져 나온다.

"휴… 말도 마, 여긴 도로도 장난이 아냐."

"도로가 왜?"

"보행자한테 매우 위협적이야. 걸어서 출퇴근하기라도 하는 날이면 잔뜩 긴장해."

"그 정도야?"

"제대로 신호에 맞춰 건너도 차가 빵빵거리기 일쑤야."

"그건 우리나라도 그러잖아."

"아니, 비교가 안 돼. 더 화가 나는 게 뭔 줄 아니?"

"응?"

"그러다 나한테 소리친다."

"뭐라고?"

"chinita! 중국인 여자애라고!"

한바탕하고 나서도 속이 안 풀린다. 현지 날씨 역시 제대로 고려치 않은 건 나의 큰 실수 중 하나일 뿐이니까.

"중남미는 날씨가 좋다고 알고 있었거든. 그러니 맑은 날을 상상했지."

태양신과 잉카의 나라, 화폐 단위마저도 'sol(태양)'인 곳. 하지만 리마는 'cielo gris(회색 하늘)'라 불릴 만큼 태평양이 인접해 매우 습하다.

"그거 아니? 여긴 1년에 반 년 이상 해무와 안개로 가득 찬다는 거?"

"진짜야?"

"바람에 해가 안 보인다니까. 거짓말 하나도 안 보태고!"

"밤도 밤이고 낮도 밤이겠다."

"더 문제는 내 마음도 늘 밤이라는 거야. 아주 캄캄해."

회색 하늘이 낮밤 이어지는 곳, 회색의 세상에 갇힌 생활이 반복

된다. 대한민국의 날씨는 천국의 날씨다.

“날씨가 적응이 안 되니 잠도 제대로 못 자.”

거짓말이 아니다. 종일 우울 모드일 때가 많았고 좀체 잠을 못 이룬다. 잠이 편치 않아 자주 악몽을 꾼다. 꿈에서 깨어나 이곳이 한국이면 좋겠다고 생각한다. “지금까지 모든 일이 꿈이었습니다” 하고 누군가가 말해준다면 행복할 것만 같다.

짙은 회색의 하늘이 오늘도 나를 내려다본다.

“업무는 또 어떻다고.”

“일도 만만치 않아?”

“말해 뭐해!”

예산, 총무 등 한국에서는 안 하던 업무가 주어졌다. 모든 걸 다시 배워야 했다.

“왜 서울에선 부하직원이면 상사의 지시를 따르잖아.”

“그런데?”

“여기선 중간관리자 역할이야. 그래서….”

그래서 부하직원들의 업무지시도 내 몫이다. 조직 내 나의 역할과 업무 방식을 바꿔야 한다. 또 대사관은 제한된 인력뿐이라 딱히 묘안도 없다.

“정무, 경제, 문화 이 모든 덩어리를 한두 사람이 다 맡아서 해야만 해.”

“세리, 네 부담이 크겠다.”

“업무를 하다가 실수가 나면 두려워져.”

"어떡하니. 내가 가서 도와줄 수도 없고."

맞다. 문제는 그거다. 누구 하나 곁에서 나를 도와줄 수 없다는 거. 현실을 또 인정해야 한다. 전화를 할 때는 시원한데 마치고 나면 다시 우울해진다.

첫 3개월 동안 친구와 통화를 하며 울지 않은 날이 없다. 하지만, 내가 그러했듯 친구들이 내 현실을 이해하기는 힘들 수밖에. 매일 내 처지를 들어주는 것 역시 벅찼을 테니까. 결국, 문제를 해결해야 하는 건 나 자신이니까.

진정한 홀로서기를 위하여

몸이 멀어지면 마음도 멀어진다는 말은 거짓말이 아니었다. 아무리 전화를 자주 하더라도 쉽게 만날 수 있는 것과 아닌 경우는 다를 수밖에. 통화를 하고 나면 곧장 한국으로 날아가고 싶었다. 하지만 다시 판단하기로 했다. 멈출 게 아니라면 앞으로 나아가야만 했으니까. 나는 멈추거나 돌아서는 방법보다 일단 앞으로 나가는 방법을 택했다.

직접 당면한 문제를 찾기로 했다.

'이곳이 힘든 건 분석이 덜 되어서다.'

'버거운 일도 견디다 보면 익숙해질 때가 온다.'

피할 수 없다면 즐기라고 하지 않던가. 나는 즐길 방법을 찾아보기로 했다.

다행이라면, 한국인 동료들과 업무 이상으로 매우 가까워져 있다는 점이었다. 하지만 업무적 동료가 친구나 가족처럼 가까워지는 데는 한계가 있었다. 그러니 답은 홀로서기뿐, 단단히 각오를 하고 문을 열어젖혔다.

우선 공허해진 마음을 채워야 했다. 독서, 명상, 산책, 요가 등 관련한 루틴을 만들어보았다. 흐린 날을 보고 짜증을 내지 말고, 흐린 날도 당연히 받아들이는 마음이 필요했다.

“절대 굶지 말고 단단히 먹어.”

엄마는 늘 밥 먹는 걸 걱정했다. 엄마 말을 듣기로 했다. 생각해보면 엄마가 하는 말은 늘 명언이다.

“세리, 너 그거 알아? 제 몸 챙길 줄 알아야 진짜 어른이야.”

가장 신경 써야 하는 일인데 내내 무신경했다. 신경 안 쓰니 안 좋아진걸, 어쩌면 환경 탓으로 돌리고 있었다. 그래서 나는 아직 어른이 안 된 건지도 모른다. 그래서 진짜 어른이 되기로 했다.

“이젠 다른 걸 탓하지 말자. 모든 걸 받아들여보자.”

각오는 할 수 있지만, 실행은 어렵다는 걸 잘 안다. 외교관이 되었을 때 사람들이 내게 한 말이었다.

“외교관을 꿈꾸는 사람은 많이 봤지만, 정말 해내는 사람은 세라 네가 처음이야.”

칭찬을 떠올려보니 힘이 되었다. 나는 그저 열심이었는데 누군가에겐 계획을 실천에 옮긴 성실꾼, 그게 나 윤세리였다. 그런데 공부와 취업을 해야 했으니 불가능했다는 건 나만의 합리일 따름이었다. 다시 나를 설계해야 했다. 하나씩 가능한 일을 적어나가기 시작했다. 그렇게 설계도가 짜였다.

'그간 할 수 없다고 여긴 일을 일단 꾸준히 해보기.'

'아침에 일어나 이부자리 정리 습관들이기.'

'침대, 책상, 주변 정돈하기.'

'식재료를 신경 써서 구입해 상하지 않게 하기.'

'불필요한 것 사지 않기.'

'잠깐이라도 반드시 운동과 명상하기.'

'하루에 몇 장이라도 반드시 책 읽기.'

'아침 뉴스를 보고 업무 시작하기.'

'인간관계에서 적을 만들지 않기.'

'내 육체를 잘 먹여 건강하게 만들기.'

이상도 하지, 단순한 계획도 실천은 꽤나 힘들다. 잠시만 오만이 필요하다.

'나 윤세리야. 모든 걸 견뎌내고 스물여섯 시간이나 걸려서 대한민국 정반대로 날아왔어. 잊지 마.'

하나의 계획을 빠트린 걸 깨달았다.

'고로, 윤세리를 멋진 사람으로 만들기.'

마지막 계획이 세워지자 실천하고 싶어졌다. 멋진 사람이 되는 것처럼 큰 설계가 또 있으랴. 실천만 하면 이뤄지는 완전한 꿈, 설계도가 완성되었다.

'그동안 내가 가졌던 두려움, 걱정에 대해 관찰해보자.'

'포기하면 지는 거지만, 바꾸면 이기는 거다.'

생각해보니, 비교하는 버릇으로 자책을 키워오고 있었다. 비교를 통해 보다 나를 객관화시키고자 한 것이었지만, 반대로 열등감만 더 키워오고 있었다. 최대한 빨리 버려야 할 악습관이었다. 허점이 곳곳에서 떠올랐다. 자평 점수도 문제였다.

동료들에게 뒤처진다고 여겨 스스로 지나치게 낮은 점수를 주고 있었다. 동료들은 영어와 제2외국어 모두 쓰고 말하는 데 능통했다. 더 공부할 생각보다 일단 두려움부터 앞세웠다.

'두려움을 없애는 방법.'

'자평 점수를 높이는 방법.'

몇 번을 생각해도 실천뿐이었다. 우선 영어뉴스를 읽고 글쓰기부터 시작했다. 역시 실천은 무서운 에너지였다. 에너지가 빛을 뿜자 희열이 차올랐다. 한 장을 메우면 하나의 두려움이 사라져갔다. 열 장을 채우면 열 개의 두려움이 사라졌다.

단순한 계산이 들어맞자 희열이 솟아올랐다. 실천은 높은 이자를 부여했다. 습관이 몸에 붙자 한 장을 채우면 열 개의 두려움이 사라졌다. 열 개의 실천이 백 개의 문제를 해결했다. 문제 해결은 계획을 실천하는가, 아닌가의 차이였다.

'어리석었어. 이토록 쉬운 문제를 고민해왔다니.'

실천이 습관이 되자, 그간 알면서도 외면한 일들이 보이기 시작했다.

‘타인의 삶은 늘 쉬워 보인다.’

그제야 뭐든 능숙한 동료들의 노력이 가늠되었다.

‘맞아. 그들도 그냥 얻은 게 아니었던 거야.’

‘코피를 쏟고 졸린 잠을 몰아내며 공부했던 거야.’

‘운이 좋아서가 아니라 애쓰고 또 애썼던 거야.’

질 좋은 습관은 질 좋은 하루를 선사했다. 어제보다 활기찬 오늘에 숨통이 트여왔다. 내일을 기대하며 잠자리에 드니 악몽도 줄어들었다. 두려움이던 미래가 희망의 미래로 바뀌기 시작한 거다. 그중 가장 뿌듯했던 건, 자책하던 나를 이제 칭찬하게 된 거다.

‘나는 더 나은 사람이 되고 있다.’

페루에서 배운 감사와 존중

“벌써 다 팔렸어요?”

한국에선 특별세일이 있을 때나 하는 말이지만, 페루에선 자주 쓰게 되는 말이다. 솔직히 한국이야 돈만 있으면 뭐든 쉽게 살 수 있지만, 페루는 돈이 있어도 재고가 없는 경우가 다반사다.

우리는 뭔가를 맛있게 먹으면 더 먹고 싶어 다시 마트로 달려가지만 페루는 소용없다. 몇 분 지나 달려가도 물품이 없는 경우가 워낙 많기 때문이다. 내가 좋아하는 생우유는 특히나 귀한 물건이라 특정 마트 몇 군데에서만 살 수 있을 정도다. 하지만 이마저도 다음에도 있을 거라는 보장이 없다.

페루 사람들이 놀라는 게 있다.

"한국은 인터넷 설치를 당일에 해줘요."

한국 기업의 빠른 서비스 문화에 대해 그들은 혀를 내두른다. 아마도 대한민국에 직접 와본다면 모두 깜짝 놀라 쓰러질지도 모른다.

페루는 여러 면에서 우리와 다르다. TV 케이블 설치 서비스를 요청한 적이 있는데, 무려 여섯 번을 재촉했는데도 약속을 지키지 않았다. 결국 설치를 포기했을 정도다. 한국이라면 상상도 못할 일이다.

그뿐만이 아니다. 배송 업체 잘못으로 취소한 30솔(약 1만 원)을 환불받기까지 한 달이 걸렸다. 항공사 오류로 발권이 안 되어 고객센터에 연결했지만, 수차례 실패하고 몇 주가 걸려 겨우 해결하기도 했다.

나는 그간 대한민국과 다른 여러 일들에 짜증 아닌 짜증이 난 건지도 모른다. 하지만, 좋은 습관을 들이고 모든 걸 받아들이려고 하자 이 모든 게 감사하게 여겨졌다.

'그래. 여긴 대한민국이 아니다.'

'내가 맞춰 살아가야 행복해질 수 있다.'

일 중심의 한국과 달리 이곳은 가족 중심이다. 효율적으로 일하기보다 본인에게 주어진 시간을 적당히 채운 다음 곧장 퇴근해 가족과 시간을 보낸다.

처음엔 이런 태도에 짜증이 났지만, 결국 이들의 문화였다. 나는 존중하기로 한다. 진즉 그래야 했다. 흔한 말이지만, 틀린 게 아니라 다른 것뿐이다. 그걸 인정하지 않으려고 했으니 내가 실수한 게 맞다.

페루인들이 현실적인 상황을 넘어 행복하게 사는 비결일지 모른다. 이들을 통해 일과 가족에 대한 나의 가치관을 돌이켜보게 되었다.

"생일 축하해!"

생일날 페루의 현지 친구가 웃으며 축하해주었다. 삶이라는 의미는 큰 차이가 없다는 걸 배웠다. 그들 역시 마음이 따뜻하고, 성실하며 가족과 친구를 소중히 한다. 방법이 다를 뿐 한국 친구들과 차이가 없다.

내가 우월하고 더 나은 게 아니었다. 마음을 열고 그들을 대하며 겸손을 배워간다.

페루에 오기 직전 운전면허를 취득했다. 기능 시험을 몇 번만에 겨우 통과해 자신감이 없었다. 사실상 운전을 페루에서 처음 하게 된 셈이다. 교통의 배려가 없어 처음엔 혀를 차기 일쑤였다. 처음 운전한 날을 잊지 못한다. 여기저기서 쉴새없이 경적을 울려대고 직각으로 끼어들기는 기본이었다. 하지만, 마음을 열고 습관화시키자 운전도 편해졌다.

친구와의 전화가 이제 행복한 수다로 변했다.

"당연하지. 지금은 혼자 고속도로 왕복 8시간 거리도 다녀온다니까."

"무슨, 지금은 누가 빵빵거리면 웃으면서 '그래 먼저 가세요' 해버린다니까."

나는 아직 성장할 게 많다. 좌충우돌, 대한민국에서 페루로 날아와 숱한 경험을 하는 중이다. 걸핏하면 넘어지고 깨지지만, 그럴수록 나는 더 단단해져 간다. 아프니까 단단해지는 거다. 아프니까 성장하는 거다. 아프니까, 제법 행복한 거다.

나 자신이 웃기고 안타까울 때가 있다. 하지만, 결국 나와는 평생 살아야 하지 않던가. 나를 성장시키는 원동력은 결국 나 자신임을 깨닫는다.

페루는 내게 고충이었고 고난이었지만, 지금은 고마움이다.

페루에서 직접 배운 요리를 테이블에 올려놓는다.

'이제 나를 진짜 사랑하기 위해서.'

'나는 조금씩 더 단단해지고 있다.'

세상은 넓고
할 일은 전 세계에
널려 있다

아시아인프라투자은행

김동건

희한한 인생 공식

“좋은 대학을 나오고 좋은 회사에 취직해야지.”

“시험을 우선 잘 봐야지 뭐.”

“어쩌긴 뭘 어째. 공부 잘하면 되는 거지.”

이 말을 들어보지 않은 사람은 없을 테고, 자녀에게 하지 않은 부모 또한 없을 것이다. 나 역시 자주 들었다. 그렇다 보니 이 말들은 완전을 넘어 완벽한 방식이 됐다. 아니 공식이 됐다. 마치 공식을 벗어나면 큰 실패라도 할 것처럼.

대학교 4학년 때였다. 미래에 대한 고민이 컸는데, 만나는 선배들의 제안은 복제된 듯 비슷하기만 했다.

“동건이 넌 로스쿨? 아니면 회계사?”

이어 묻는 질문도 대부분 비슷했다.

"아, 그럼 금융 쪽이구나?"

답도 안 듣고 뒷말을 곧장 붙였다.

"거기서 투자나 컨설팅으로 빠지면 괜찮지 뭐."

사실 틀린 말도 아니었다. 몇 군데를 정해놓은 것처럼 졸업생들이 몰리는 곳은 정해져 있었으니까. 당연한 것처럼 대기업이 모든 성공의 기준이었고 중심이었다. 일단 연봉이 가장 중요했고 그다음으로 복지였다.

"진짜 ○○기업에 취직했다고?"

이제 탄탄대로라며 부러워한다. 본인이 원하든 원하지 않았든, 상관이 없다.

내가 마뜩잖던 건, 모든 진로 방향이 일정한 거였다. 마치 모두 똑같은 얼굴을 하고 모두 똑같은 잔에 모두 같은 음료를 마시는 것만 같았다. 하지만 늘 잔도 모자랐고 음료도 모자라기만 했다.

수요와 공급의 지독한 원리, 역시 피할 수 없는 방식이었다. 어떤 시험을 통과하고 어떤 자격증을 취득해야 하는 틀에 박힌 공식. 그렇다 보니 질문을 던진 사람이 상대가 답하기도 전에 답을 내는 꼴이 되곤 했다. 잘해내면 승리, 못 해내면 패배자가 되는 공식이다.

물음표 아닌 마침표의 공식

"얘는 공부를 그렇게 잘한다며?"

“아무개 집 아들이 전교에서 1등 했대.”

2등만 해도 억울한 세계, 공부라는 세계가 그랬다. 태어나며 ‘공부’가 가장 중심이었던 탓이다. 나도 마찬가지였는데, 어렸을 적부터 몸에 밴 시험 중심 사고방식이 깊게 뿌리내려 있었다. 뿌리를 뽑아내면 나무가 죽듯, 당연한 명제가 되었다.

하지만 어느 순간 내가 살고 있는 세계가 전부가 아니라는 생각이 들었다.

그간 속했던 사회는 매우 작았다. 고등학교를 졸업하고 대학교에 진학하고 당연하게 이어지는 국내 기업의 취직, 기왕이면 대기업. 이제 기업의 한 직원. 정사각형처럼 사방이 일렬로 맞춰져 있었다. 그 틀 안으로 힘겹게 몸을 구겨 넣기만 했다. 사각의 틀을 벗어나면 길을 잃는 줄로만 알았으니까.

‘그게 가장 좋지. 되기가 힘들 뿐.’

그래야 한다고 어느 순간부터 주변에서 강요했다. 당연한 것처럼 나도 받아들였다. 이미 가치를 정해놓고 이게 맞는 거라고, 우월하다고 주장해댔다. 인생에 대한 성찰 따윈 필요 없는, 어떤 연구도 철학도 필요 없는 공부, 오로지 시험과 점수로만 모든 게 정해졌다.

모두 물음표 없이 늘 마침표로 10대 청춘을 보내야만 했다. 그것도 남들이 찍어준 마침표였다. 스스로 물음표를 던져볼 생각도 하지 못한 채 어느 순간 삶의 가치를 암묵적으로 합의한 건지도 모른다.

‘정말 이 인생 공식은 맞는 걸까?’

‘이 공식대로만 살면 되는 걸까?’

‘어느 순간, 이 공식이 재미가 없어지면?’

‘나와는 맞지 않는다고 생각이 든다면?’

‘뭔가 더 새로운 방법은 없을까?’

하지만 별수 있나, 돌다리도 두들겨볼 판에 아는 길이라 묻지도 않는데, 사방에서 가리키니 그 길로 갈 수밖에.

그동안 시키는 대로만 살아왔다. 가장 잘할 수 있는 건 성적을 잘 받는 일. 초등학교 때부터 대학까지 공식은 깨지지 않았다. 솔직히 말하자면, 깰 생각조차 하지 않았다고 하는 게 옳겠다.

내가 이 말을 하게 될 줄은 몰랐는데, 실은 이 말 외엔 딱히 할 말이 없었다.

“공부가 가장 쉬웠어요.”

“공부처럼 쉬운 게 또 있을까요?”

가장 솔직한 답, 나는 공부밖에는 할 수 있는 게 정확히는 할 줄 아는 게 없었다.

인생의 전환점에서

공부가 제일 쉬웠다는, 누군가가 한 말을 따라 한 건데도 부끄럽지 않았다. 공부를 잘하면 늘 칭찬이 가득했다. 부러운 눈으로 보는 주변 사람들은 공부에 대한 대가였다. 공부는 제법 쉬웠고 능숙

했다.

부정하지 않겠다. 이 공식은 대학 졸업 후 첫 입사까지 매우 효과적이었다. 대학 4학년, 치열한 대기업의 취업 역시 내겐 시험 과정의 일부분처럼 여겨졌으니까. 평소 공부에 익숙한 내겐, 대기업 입사 과정이 차라리 순조로웠다. 당시 고민은 합격한 기업들의 입사 조건을 비교해보는 것이었다.

"음, 어느 회사로 가면 좋을까?"

그러던 어느 날이었다. 셀프 사진을 찍고 사진 속 나를 들여다보았다. 웃고 있는데 마냥 행복해 보이지는 않았다.

'뭘까, 저 애매한 미소는.'

'행복을 온전히 채우지 못한 표정.'

'뭔가 더 채워야 하는데 그게 뭔지 모르는 얼굴.'

내가 나에게 놀라고 있었다. 낯선 표정에 놀랐고 낯선 얼굴에 더 놀랐다. 사진 속에는 내가 모르는 내가 서 있었다.

'넌 누구야?'

'그러는 너는 누구야?'

사진 속 나는 사진 밖의 나를 알아보지 못했고 사진 밖의 나는 사진 속 나를 알아보지 못했다. 눈물이 날 지경은 아니었는데, 왠지 모르게 답답했다. 구멍이 송송 뚫린 게 보이는데도, 그 사이로 찬바람이 들어차는데도, 시원한 게 아니라 답답했다.

'너는 누구냐니까?'

나는 답하지 못했다. 아니 답할 자신이 없었다. 나는 누구일까. 별문제 없이 살아왔다고 자부했는데, 공부를 곧잘 해왔는데, 나는 내가 누구인지 헷갈렸다.

'나는, 나는, 나는….'

나는 정석대로 살아왔고 명제에서 벗어난 적도 없는데, 난데없이 허무했다. 나는 공부도 잘해왔고 칭찬도 넘치게 들었는데, 곳곳에 구멍이 나 있었다. 20대 후반이 될 때까지 나는 주변 사람들의 기대대로만 살아오고 있었다.

사진을 보고 있어서였는지, 반대편의 내가 똑바로 읽혔다.

'공부를 잘했지만, 반대로 생각하면 넌 할 줄 아는 게 없잖아. 아니야?'

그간 살아온 삶에 대한 배신 같았다. 나를 가장 잘 아는 건 나뿐이라고 생각했는데, 나를 가장 모르는 사람 역시 나였다. 뼈아픈 자책이 일었다.

인생의 방향을 다시 잡고 싶었다. 다시 잡아야 했다.

살아오는 동안, 누군가는 한 번쯤 물었을 텐데, 애써 회피했는지도 모른다. 주변 사람들의 기대에 어긋난 적이 없었으니까. 늘 안전한 공식 안에만 머물렀으니까. 도전은 큰 의미가 없다고 생각했다. 그런데 그게 아니었다. 그간 알던 모든 게, 공식도 명제도 아니었다. 내겐 새로운 인생이 필요했다.

'지금껏 도전은 한 적이 없어.'

‘크게 문제없이 살아왔기에.’

‘아니, 도전 자체를 시도하지 않았던 거야.’

‘늘 직진으로만 달려왔기에.’

그렇게 새로운 도전이 시작되었다.

미래설계도

정해진 공부만으로 채울 수 없었던 경험을 쌓기 위해, 새로운 환경으로 유학을 가기로 결심했다. 하지만 희망보다 걱정이 앞섰다. 차라리 누가 등을 떠밀어 가는 거라면 마음이 편했을지 모른다. 공부할 때 늘 그래왔던 것처럼. 스스로 택한 길이니 무한 책임이 뒤따라야 했다.

결론을 짓고 나니 헷갈렸다. 대학 졸업 후 어떤 분야에 종사해야 할지, 장기적으로 어떤 방향으로 가야 할지, 공식을 벗어나니 외려 불안했다. 무엇보다 이미 마음에 맞는 동료들과 일을 해오던 터라, 직장도 제법 즐거워진 때였다. 그러다 괜한 생각인가 싶은 생각이 찾아오기도 했다. 다른 시작을 맞이하다 지금의 즐거움을 놓쳐버리기만 하는 게 아닐까?

‘그럼 계획을 철회해.’

‘왜 불안한데? 안 하면 그만이지.’

‘지금껏 그랬듯, 공식을 따라. 그게 제일 편해.’

여러 생각이 머릿속을 헤집고 다녔다. 좋은 동료를 버리는 게 아니라, 지금까지 경험하지 않은, 경험하지 못했던 새로운 세상이 필요했다. 도망가는 것도 버리는 것도 아니었다.

선택한 나라는 중국이었다. 중국을 선택한 가장 큰 동기는 탐구심이었다. 중국어를 내내 공부한 것도 한몫했다.

고등학교 때, 기회가 있어 중국어를 공부했다. 당시 재미를 느껴 대학에 올라온 후에도 꾸준히 공부를 이어왔다. 중국어 역시, 이전에는 단순한 공부의 영역, 공식의 영역이었던 셈이다.

“동건이, 넌 언제부터 중국어까지 공부했어?”

“고등학교 때부터.”

“어려서부터 중국에 갈 생각을 했던 거야?”

“아니, 그냥 외국어도 공부 차원일 뿐이었지 뭐.”

그랬다. 내겐 늘 공부가 1순위였고 그중 중국어도 포함될 따름이었다. 공부의 범위이니 당연히 최선을 다했고 늘 성적도 앞섰다. 중국어를 하면서도 중국에 가보고 싶다는 생각을 크게 해본 적은 없었다. 중국어로 된 기사를 보더라도, 글씨를 살피며 제대로 읽은 건지만 맞춰봤다. 친구들보다 잘 맞추면 그저 우쭐했다. 내가 친구보다 공부를 더 잘한 것 같아서, 공식에 가까운 사람이 되는 것 같아서, 그게 전부였다.

이젠 공식을 버려야 할 때였고, 새로운 꿈을 꿔야 했으며, 실천에 옮길 때였다. 다시 새로운 공식, 아니 방식을 만들어야 할 때였다.

고등학교 시절, 아주 잠시 내가 중국에 가는 일이 생길까 생각한 적도 있었지만, 대학 진학 후 여전히 공부에 매달리고 취업에 힘쓰다 보니 잊힌 기억이었다. 하지만 새로운 꿈을 꾸며 가장 먼저 떠오른 게 바로 '중국'이었다. 가장 잘한 게 공부였으니, 중국어도 뒤지지 않았다. 가장 잘한 걸 이제 수단으로 만들면 되었다. 그렇게 미래설계도가 쓰이기 시작했다.

'나만의 미래설계도.'

이제 작전 실행이었다. 사실 각오는 했지만, 유학을 실행으로 옮긴다는 게 쉬운 일이 아니었다. 그 때문이었을까. 어느새 자신감은 사라지고 막막함이 몰려왔다. 20대 후반이 되도록 하지 않았던, 어쩌면 할 수 없었던 변경노선이 생긴 탓, 혹은 덕이었다.

유학을 통해 어떤 미래를 만들어갈 것인지, 해외 생활이 과연 도움이 될지, 현재 나의 상황과 경력이 국제무대에서 인정받을 수 있을지 판단해야 했다.

그중 가장 큰 고민은, 다른 나라가 아닌 선택지로 택한 중국이었다. 미래설계도를 펼치자마자 갖가지 의문이 솟아올랐다.

계획은 원래 혼자 짜는 게 아니라고 했다. 혼자 짜는 계획은 허세가 앞서 실천이 꽤 힘들다고 했다. 누군가의 조언을 자양분 삼고, 누군가의 경험을 토대로 하는 설계라야 지키기 수월하다고 했다. 학교의 선후배나 지도 교수님도 좋지만 다른 영역에서 다른 경험과 시야를 가진 분들의 의견을 고려하기로 했다.

세상은 라이브다!

그때, 가장 먼저 생각난 곳이 다름 아닌 장학회였다. 대학 시절 동안 내내 온정을 베풀어 준 장학회, 내겐 언제나 큰 힘이었다. 비가 오면 우산이 되어주었고 눈이 내리면 난로가 되어주었다. 가장 필요할 때, 늘 옆에 존재하는 곳이 장학회였다. 눈치 볼 것 없이 연락을 하는데도 외려 안심인 곳, 장학회는 내게 그런 존재였다.

"회장님, 저 동건입니다. 한번 찾아봬도 될까요?"

"말이라고!"

우선 회장님을 찾아뵙기로 했다. 언제나 그랬듯 따뜻하게 나를 맞아주셨다.

"중국으로 유학을 가려고 합니다."

"중국?"

"예, 지금까지와는 다른 인생을 설계하려고 합니다."

회장님은 내 생각을 귀담아들어주셨다. 단 한 번도, 어떤 의견도 외면하신 적이 없었다. 누군가의 고민을 내내 들어주셨고 해결책을 모색해주시곤 했다. 그날 역시 다르지 않았다. 나의 고민이 무엇인지 나의 생각이 무엇인지 파악하셨다.

회장님은 내 얘기를 듣자마자 단도직입적으로 물으셨다.

"동건이 너, 유학하고 나와서 뭐 할 거냐?"

"예?"

순간 멍해졌다. 오랫동안 고민해왔지만, 정작 중요한 핵심은 놓고 있었다. 회장님은 천천히 뒤엉킨 실타래를 풀어나가셨다.

"네 인생과 결혼 그리고 노후까지 생각해야 한다."

"그게 진짜 계획이다."

그때까지 나는 유학에만 함몰 중이었다. 하나만 생각하며 달려왔고 고민하고 있다는 사실을 깨달았다. 사실 노후까지는 생각조차 하지 않았다. 생각도 안 했으니 고민으로 여기지도 않았다. 새로운 인생을 설계한다 해놓고 노후는 빼놓는 실수를 한 셈이었다.

"인생은 원래 장기적으로 보는 거다."

"인생은 본래 마라톤이거든."

그제야 장기적인 계획을 세워야 한다는 판단이 섰다. 새로운 것만이 좋은 게 아니라 얼마나 설계를 잘하는가가 보다 더 중요했다. 회장님의 말씀을 듣고 보니 그간의 고민은 작고 사소할 뿐이었다. 많은 방향이 있는 만큼, 중요한 건 진심으로 하면 되었다. 고민이 사라지자 자신감이 생겼다.

장학회 회장님을 찾아뵌 건 최고의 선택이었다. 이번에도 판단이 옳았다. 회장님은 살아오시며 경험한 많은 노하우를 아낌없이 풀어놓으셨다. 다양한 시각을 내게 제시해주셨다.

"국내만 머물 경우."

"해외 경력의 중요성."

"귀국 후 할 수 있는 영역."

내내 유학을 가서 어떻게 하나, 하는 생각뿐이었는데 보다 더 폭넓게 판단해야 옳았다. 생각지 않았던 일이, 고민조차 하지 않던 일이 얼마나 많았는지 깨달았다.

왜 많은 분의 이야기를 들어보라 한 것인지 이해되었다. 특히, 해외 경력은 귀국 후 생길 갖가지 변수를 대비할 수 있는 중요한 수단이었다. 경력에도 전략이 필요했다. 어떤 방식으로 경력을 쌓는가, 활용하는가에 따라 상황이 달라질 수 있었다. 여러 상황을 대입하며 구체화할 수 있었다.

"고맙습니다. 회장님."

장학회 회장님은 내가 온전히 잘 되기를 바라는 분이 아니던가. 하나의 경계도 하나의 아낌도 없이 무작정 내어주시는 걸 알기에, 염치없게도 감사한 일이 또 늘어버렸다. 한참 꺼내주시고서도 더 줄 게 없나 찾아보시는 분이 바로 장학회 회장님이시다. 그 마음을 알기에 가슴이 뭉클했다.

"아, 내가 소개해야 할 사람이 생긴 것 같은데?"

"소개해주실 분이요?"

"아, 사람들이군. 한 명이 아니니."

회장님은 금융 산업에 종사하는 여러 전문가를 소개해주셨다.

내가 금융 산업에 관심이 크다는 말씀을 드렸는데, 놓치지 않고 곧장 연결해주신 거다. 그 덕으로 세계 투자은행, 헤지펀드 대표들 그리고 학계 교수님을 직접 만나 진로에 대해서 의견을 나눌 수 있었다.

KOREAN AIR

장학회 선배들을 찾아간 것도 큰 도움이 됐다. 현장 경험이 풍부한 분들의 이야기는 너무도 생생했다. 팔을 뻗으면 손으로 만져질 것처럼, 물어보면 곧장 달려와 답해줄 것처럼 눈앞에서 꿈틀댔다.

"뭐든 직접 해보면 다르잖아."

"그렇죠."

"유학도 그래. 해외 직장도 마찬가지고."

"가장 좋은 건 직접 경험하는 거지. 다만."

"다만?"

"수월하려면 철저히 준비하는 거지. 지금처럼."

나는 보다 더 철저히 준비하기로 했다. 보다 더 수월하게 해내기 위해서, 보다 더 잘해내기 위해서.

'세상은 이론 아닌 라이브!'

금융계 대표님들의 이야기를 듣던 순간이었다. 눈앞에서 금융산업 일선의 인재들이 뛰고 있었다. 그리고 그 안에 내가 서 있었다. 팔을 걷어붙인 채 곳곳을 누볐다.

'라이브!'

'나는 나의 새로운 인생 라이브를 보고 있었다.'

'한참 보고 있어도 질리지 않는 특별함.'

'나는 과거를 잊은 채 뛰고 있었다. 한껏 신이 오른 채로.'

셀프 사진 속에서 보던 표정은 온데간데없었다. 고민 따윈 사라진 표정, 세상을 한껏 즐기는 얼굴, 몸에 밴 공식을 가볍게 뛰어넘고 있었다. 실컷 내디딘 발로 나 자신을 뛰어넘었다. 그러고는 다시 한번 크게 발을 뻗었다.

'이제 공식을 깨고 뛰어보는 거다.'

'이미 공식은 깨진 지 오래야.'

나는 그간 지켜오던 낡은 공식을 깨버렸다. 속이 후련했다.

이제 30대, 나는 새로운 세상을 향해 날아오르기 시작했다. 짜릿한 쾌감이 몰려왔다. 내가 몰랐던 나를 발견하는 순간이었다.

유용한 장학제도

어디로 가든 가장 문제 되는 건 돈이다. 하다못해 잠시 동네 커피숍에만 가려 해도 지갑을 들고 가야 하지 않는가. 문밖으로 나서는 순간, 모든 것이 돈과 결부된다. 하물며 한국이 아닌 해외다. 돈을 걱정하지 않을 수는 없다. 어쩌면 돈이 가장 큰 걱정이다.

"어쩌나 해도 실은 돈이 가장 문제라고 생각해요."

나의 걱정 범위도 별반 다르지 않았다. 중국으로의 유학 여정에서 돈이 차지하는 비중은 무시 못 할 부담이었으니까.

선배들은 그리 크게 걱정할 문제가 아니라고 했다. 유학 준비 중 새롭게 알게 된 내용이었다.

"물론 돈이 가장 문제가 될 수도 있지."

"하지만 뜻이 있으면 길도 나타나는 법이지."

어떤 방법이 있는지 궁금했다. 해외로 나가려면 유용한 제도는 꿰고 있어야만 했다. 선배들은 유용한 장학제도를 소개했다.

"정말 자기 비용이 많이 안 드는 방법이 있다는 건가요?

"장학 제도가 아주 많거든."

경험자들의 이야기가 중요한 이유는 이 때문이다. 중국으로 날아가보니 사실이었다. 선배들의 말대로 장학제도가 많았다. 사실 어느 일이든 마찬가지지만, 돈의 문제가 해결된다면 반은 해결된 셈이다. 뜻이 있으니 길이 나타났다.

'해결 방법을 찾으면, 돈은 맨 앞줄에 감히 서지 못한다.'

유용한 장학제도를 적극 이용하기로 한다. 살펴보니, 중국에서 만난 한국인 유학생들 중 학비와 생활비를 본인이 모두 부담하는 경우는 드물었다. 영리한 유학생들이 이미 활용하고 있었다.

"장학제도가 이렇게 많아?"

국내에서 대학 다닐 때까지는 전혀 몰랐던, 들어보지도 못했던 다양한 장학제도들이 많았다. 특히, 유학생들을 대상으로 하는 경우가 다수여서, 장학금 없이 출국 후에 유학을 시작하더라도 크게 고민하지 않아도 되었다.

베이징을 예로 들어보자면, 국가 단위, 시 단위, 학교 단위 그리고 학부 단위로 다양한 장학금을 신청, 지원할 수 있다. 그리고 한국 기업이나 재단이 한국 유학생을 뽑는 경우도 있다. 알아보면 가능한데 몰라서 못하는 수가 있다.

어느새 나도 경험자가 되어 있다.

유학을 준비했던 시절을 돌이켜본다. 재정적 고민을 그리 많이 하지 않아도 되었다는 생각이 든다. 그리고 비용 대비 얻을 수 있는 게 아주 많다. 우선 학위 취득으로 나의 가치를 높일 수 있다. 이 가치는 상상을 넘어서는 경우가 많다. 그래서 유학 비용과 비교한대도 절대 손해가 아니다.

"중국이라도 영어는 기본 아니야?"

중국에 가기 전 많이 들었던 말이다. 영어를 잘한다면 도움이 될 테지만, 반드시라고는 말하지 않는다. 나 역시 영어는 하나의 고민이었다. 하지만 닥치고 보니 영어는 크게 문제가 안 되었다. 한국에서 하던 만큼이라면 중국에서도 문제가 없다는 의미다.

그보다 중요한 건 사고하는 능력과 문제해결 능력, 창의력이라고 생각한다. 아이디어가 좋고 의미만 통하면 된다. 대화란 서로의 소통 영역이지 유창하지 않더라도 소통이 가능하면 된다.

영어든 중국어든 직접 사람을 만나 소통하며 배우다보니 말이 자연스러워 대인관계가 수월해졌다. 친구들이 생기고 이웃이 생기면서 중국어가 훨씬 늘었다. 생각해보면, 뭐든 사람 간의 일이다. 두려워할 게 전혀 없다.

해외에서 경력 쌓기에 가장 쉬운 방법은 학위 취득이다. 학위를 통해 원하는 전공으로 방향을 수정할 수 있고, 다시 학생 신분으로 배우는 것이 직장을 옮기는 것보다 배울 점이 많다. 평소 관심을 가졌던 분야나 새로운 분야를 깊이 파고들 수 있다.

해외 학위 취득과 관련해서 강조하고 싶은 부분은 모아놓은 돈이나 재정적 여유가 많지 않아도 큰 문제가 되지 않는다는 점이다.

유용한 장학제도를 적절히 이용하라고 권유하고 싶다. 새로운 세계를 맞이하려면 큰 각오가 필요하다. 하지만 찾지 않아 모를 뿐, 방법은 곳곳에 숨어 있다. 가장 고민하는 경제적 어려움도 마찬가지다.

시장의 세계화가 많이 이루어진 산업, 그리고 세계 표준이 많고 외부에 기술이나 이론 등을 의존하는 산업, 예를 들면 금융, IT, 수입 의존도가 높은 산업에서 진로를 이어나가고 싶으면 한 번쯤은 해외에서 경험을 쌓아보길 권한다. 해외의 선진화된 이론과 업무는 직접 현장 교류로만 얻을 수 있기 때문이다. 새로운 시작이나 해외에서의 경험을 쌓고 싶어서 망설이는 사람이 있다면 도전해보라고, 늦지 않았다고 말해주고 싶다.

수평적 조직문화의 메커니즘

해외 조직생활에서 나를 당혹하게 만든 건 예상외의 일이었다. 그건 다름 아닌 직장 문화의 차이였다. 해외에서의 첫 직장생활, 그때 처음 들은 말이 잊히지 않는다.

"부끄러워하지 말라."

이 말은 권유이기도 했고 지적이기도 했다. '부끄러워하지 말라'가 아니라 '겁내지 말라'가 더 맞을지도 모른다.

'수직이 아닌, 수평적 조직문화.'

우리와는 전혀 다른 조직문화에 나는 충격을 받았다. 당연하게도, 직장의 평가 기준 또한 매우 다른 형태를 가졌다. 한국에서 해오던 대로 업무에 임하자 평가가 180도 달랐다. 눈치를 보며 의기소침해 있고 말을 별로 하지 않는다는 평가를 받았다. 부끄럼 잘 타는 직원으로 말이다.

만약, 같은 상황으로 우리나라였다면 어떻게 나를 받아들이고 평가했을까? 처음엔 낯선 조직문화에 어리둥절했지만, 나만의 장점을 생각하고 그 점을 극대화하기로 했다.

다른 문화에서 새로운 경험을 체득하는 건 즐거운 일이다. 대화의 방법, 일이나 회의 등 토론 기술을 이용한 소통 역시 중요했다. 처음엔 문화 차이 때문에 많이 힘들고 고민도 많았지만, 받아들이고 나자 즐거움이 되었고 즐거움은 나를 성장시키는 에너지가 되었다.

"어렸을 때 외국 대학이나 국제 경험이 없더라도 상관없습니다."

"이후에도 충분히 해외에서 인정을 받을 수 있습니다."

"얼마든지 원하는 경력을 쌓을 수 있습니다."

"낯선 건 어느새 익숙해지기 마련입니다."

"익숙해지면 능숙해집니다."

"능숙해지면 인정받는다는 것입니다."

사실 어떻게 사는지에 대한 정답은 없다. 해외 경험이 모든 기회를 만들어주는 것은 아니다. 모두가 명제라 여기는 일이, 황당한 오답일 때도 많다. 모두 무관심하던 일이 초미의 관심사로 급부상하기도 한다. 누군가가 나를 네모 속에 들어가라고, 그래야 잘 될 거라고 소리친다고 해서 네모 안쪽만 쳐다보는 사람이 되고 싶지 않다. 복제되는 삶은 안정적일지 모르지만 평생 큰 재미를 놓칠지 모른다. 세상은 넓고 사람도 무수히 많으며, 할 일은 곳곳에 널렸다.

'도전은 틀을 깰 때 더 많은 증거를 남긴다.'

많은 사람이 자신이 생각하는 길을 자신 있게 걸어갈 수 있길 소망한다.

'낯선 건 이내 익숙해지고 이내 내 것이 된다.'

염려치 마시라. 해외, 특히 중국 쪽 유학을 꿈꾼다면, 내 경험담이 동기부여가 되고 응원이 되면 좋겠다. 미래의 선택 앞에서 갈팡질팡하기보다는 본인 스스로를 좀 더 믿어도 좋다고 말해주고 싶다.

조금 더 헤매어도 괜찮아

초판 1쇄 2023년 3월 14일

지은이 김열매 이준길 감민주 김태엽 박지연 이민경 한혜윤 윤세리 김동건
펴낸이 최경선
펴낸곳 매경출판㈜
책임편집 서정욱
마케팅 김성현 한동우 김지현
디자인 김보현 김신아
일러스트 이민영(드로잉민)

매경출판㈜
등록 2003년 4월 24일(No. 2-3759)
주소 (04557) 서울시 중구 충무로 2(필동1가) 매일경제 별관 2층 매경출판㈜
홈페이지 www.mkbook.co.kr
전화 02)2000-2630(기획편집) 02)2000-2645(마케팅) 02)2000-2606(구입 문의)
팩스 02)2000-2609 **이메일** publish@mkpublish.co.kr
인쇄 · 제본 ㈜M-print 031)8071-0961
ISBN 979-11-6484-534-7(03800)